木兰故里
春风行

——知名作家亳州采风作品精选文集

亳州市木兰文化研究会　编著

中国财富出版社有限公司

图书在版编目（CIP）数据

木兰故里春风行：知名作家亳州采风作品精选文集 / 亳州市木兰文化研究会编著. —北京：中国财富出版社有限公司，2020. 8

ISBN 978-7-5047-7226-8

Ⅰ. ①木…　Ⅱ. ①亳…　Ⅲ. ①中国文学—当代文学—作品综合集 Ⅳ. ①I217. 1

中国版本图书馆 CIP 数据核字（2020）第 161341 号

策划编辑	李彩琴	**责任编辑**	戴海林　王才识		
责任印制	尚立业	**责任校对**	孙丽丽	**责任发行**	杨　江

出版发行	中国财富出版社有限公司		
社　　址	北京市丰台区南四环西路188号5区20楼	**邮政编码**	100070
电　　话	010-52227588 转 2098（发行部）		010-52227588 转 321（总编室）
	010-52227588 转 100（读者服务部）		010-52227588 转 305（质检部）
网　　址	http://www.cfpress.com.cn	**排　　版**	宝蕾元
经　　销	新华书店	**印　　刷**	天津市仁浩印刷有限公司
书　　号	ISBN 978-7-5047-7226-8 / I · 0323		
开　　本	880mm × 1230mm　1/32	**版　　次**	2021 年 1 月第 1 版
印　　张	6.125	**印　　次**	2021 年 1 月第 1 次印刷
字　　数	138 千字	**定　　价**	39.80 元

序

最美5月春夏间，谯城郊外万亩芍花，灿若朝霞，蔚然成海，“木兰故里春风行”——知名作家亳州采风活动应景而动，30多位全国知名作家和40多位亳州市木兰文化研究会成员，以及闻讯而来的文学爱好者们和媒体朋友们，欢聚一堂，登谯望楼对望汉魏先贤，触千年古井惊叹精湛酿酒技艺，听名家畅谈心路历程分享创作心得，徜徉芍药花海领略药都魅力，漫步临涡老街感受独特市井风俗……诸多文友借此次活动，结文学之缘，聚灵感才思，成锦绣文章，多篇佳作先后发表于全国各报刊及网络媒体，颇受欢迎和关注，提升了亳州的知名度和美誉度，俨然成为2019年亳州芍花养生文化旅游节系列活动的点睛之笔。

木兰故里春风行活动由亳州市妇联、亳州晚报社、亳州市木兰文化研究会、亳州市文旅集团、亳州新闻网和亳州头条联合举办，秋融会长以柔弱之躯带领木兰文化研究会具体承办，一众姐妹群策群力，精心筹备，精细服务，确保了活动顺利圆满完成。

木兰文化研究会成立的初心是研究木兰历史文化、提炼亳州女性精神、繁荣女性文化创作。一年半以来，我亲历了木兰文化研究会的成立，见证了研究会的不断成长。所有过往，皆为序章，希望研究会能深化研究，加强交流，将木兰精神赋予时代内涵，致力于木兰文化的传承与创新，推动木兰文化的繁荣和发展。

尤其可喜的是，今木兰文化研究会撷取佳作美文编汇成册，采风活动完美收官。应秋融会长之邀，写此文，是为序。

戴爱霞

2019 年 12 月

目录

亳州记

文 / 钱红丽

一

自合肥往北，过淮河，景色渐渐不同，大片麦地一直铺到天边，青绿里隐有微微的明黄，像极蒙克的画，似流动着。路旁一株株苦楝树，树巅开着紫花，细淡而繁密，苦楝花有微微暗香，每年准时开在小满前后。我生长于斑斓阴柔的皖南，自小看惯水田漠漠的景致，而北方的雄浑开阔，则是另一层浑厚壮美，看得久了，隐隐有着直指人心的苍凉。甚至，连天上的流云，与皖南的都是不同。站在亳州老街胡同里，看云，条件反射般使你想起曹操的《观沧海》，是那种开阔的宇宙意识把你打动了。一方水土滋养一方人，假若曹操生于南方，他写出的《短歌行》无论如何要软糯得多吧，何来“古直苍凉”之美？这是我第一次到亳州来，最先就被这里纵横时空的路名打动，以植物、古代人物名命名每一条道路，清新，古雅。若以路名排行，亳州想必是皖地首屈一指的文雅之城。路过庄周路、漆园路，宛若置身古代，庄子于涡水之畔，以夸张的寓言体与你娓娓道来人世的道理；白芍路、菊花路、牡丹路、桐花路……一路看过去，又是簇新的灵气与山野之气了。夜里，打车回酒店途中，原本昏昏然，忽见希夷大道，一激灵而醒神，一座文气、底气兼备的小城。国槐深深，绿意盎然，沉稳而持重，仿佛神州五千年文明都被默默承担下来了。也是夜里，于古街饭罢，步行至十字路口，闲闲抬首，高古的城楼矗立眼前。那一刻，直想到城楼对面清真小店，要一碗油茶，二两牛肉锅贴，坐在小马扎上，慢慢吃，慢慢打量行人来去。街上车少，静谧，时间的钟摆动得慢；灯亮着，影子一直追着你走，走着走着，一颗心倏忽安稳下来，世间仿佛没什么着急的事情要做。小城的慢与闲，可珍，可贵。

二

去曹操运兵道。一颗心原本嘈嘈杂杂的，当望见"建安文学馆"几个字时，我确乎一个冷战，紧随而来的则是几千年的浩浩汤汤，岁月在文学面前变得庄严肃穆——三曹，建安七子，以至于整个汉魏文学，令人瞬间有了谦卑心，使人长久地缄默。年轻时，我热衷于曹植，沉迷于他的华丽、忧伤以及绵延的弱质之美，及至中年，方才懂得曹丕的难得，他的《善哉行二首·其一》多么好："高山有崖，林木有枝。忧来无方，人莫之知。人生如寄，多忧何为？今我不乐，岁月如驰。汤汤川流，中有行舟。随波转薄，有似客游。策我良马，被我轻裘。载驰载驱，聊以忘忧。""策我良马，被我轻裘"，少年一般的蓬勃朝气，这是要我们积极地活，无须整天愁苦不已，因为"高山有崖，林木有枝"，是说生命的忧愁自古皆有，好比高山有崖、树木有杂枝一样天然即在。既然自古皆然，那么，我们何不超越它，活得更好些呢？也就是在尘世的废墟之上找到自己精神的家园，从而活得更为闪亮……太了不起了。每一次，当我对着镜子拔拽白发，他的《短歌行》就像鸽子一样扑闪着双翅落至我的眼前："人亦有言，忧令人老。嗟我白发，生一何早。""嗟我白发，生一何早"——对这个不可把握的浮世，谁不曾独自叹气？这口气也长，自汉魏延续至今，到了我这里，到底壮烈少了，执念多了，但在我们的心性里，更多的还是不甘——我这条小命存于世间，不晓得还能做点什么。曹丕四言诗，言浅，意深，读得多了，竟也生出寂然，一次次，想与人谈谈他，到底退缩了，苦于找不着一个朋友共话四言之美。那么，越发寂寞了，何不给他写封信呢？一直在储备一部书稿，分别给喜爱的古代诗人写信。已给李商隐、柳宗元写过，曹丕无论如何是回避不掉的。

三

建安文学馆毗邻运兵道，房间曲折幽深，空阔而润凉，墙上布满书法体三曹诗文，一幅幅看过去，手心全是汗，一颗小心脏不明所以，默默悸动。于《短歌行》前站得久些，默诵一遍，不免意念丛生，算是隔空致敬了。拐一个小弯，便是运兵道，想着这八千米工程竣工后，父亲来过这里，儿子也会来的。近两千年往矣，作为他俩共同读者的我，也来了，静静地走在他们曾走过的砖道，心上有细雨鱼儿出，也有微风燕子斜。这砖道，时窄时宽，布满绿锈，并非青苔，以指触之，冰一般凛冽，如曹操存世的唯一书法真迹"衮雪"

二字，望之苍凉，尤其“衮”字那一捺，令人端详良久，隐约有“水何澹澹”之气息。这气息，并非逼仄的涡水之气，而是放眼宇宙星辰的苍茫之气。曹操太了不起了——往后，或许我也给他写封信，光阴荏苒，他一直被误解，到底知音难觅，然而肯以大历史观去体恤他的人，大约不止我一个吧。自小，我们活在小说演义所灌输的正统思想下浑然不觉，哪怕民间戏曲呢，孟德兄一律白脸形象，千余年这么一路唱下来，他一直被钉在耻辱架上，什么“挟天子以令诸侯”的不忠不义，简直扯淡。等生命成长至一定阶段，我们终于拥有了独立思考的能力，忽然有疑问：面对一个昏聩的君王，为何不能取而代之呢？身处乱世的曹操，该有多痛苦。“挟天子以令诸侯”的选择，对于一个有雄才大略之人，则是最大的善。撇开所有的因素不谈，我真正爱的，还是这对父子诗文上的超凡才华。在曹操诗文里，我还读出了他的火暴脾气——与我相若，脾气坏的人，大多肝火旺，并非少修养，而是实在无法自控。因为这一点，我对曹操似又多了另一层体恤之心。脾气坏的人，较之心平气和之人，往往又多了另一重痛苦，总是陷入自省而自责的无限循环里，一直充满悔意，一直无法改变——生命因痛苦而厚重，不断涅槃，不断重生，眼界从而更为高远广阔：“日月之行，若出其中。星汉灿烂，若出其里。”一般人写得出吗？不能！只有肝火旺盛之人可以。说这些，天上的孟德兄大约可以意会，且微笑着与我握握手吧。朋友无意间说起，曹操有一封写给诸葛亮的信，语气柔和……生命后期，珍宝一样不可多得的南阳卧龙，远走川蜀，他一定有着深渊般的遗憾吧。而天下三分的局面更是他不愿面对的。什么叫求才若渴？一个人口渴之时，焦虑又恍惚。

也不知那封信，可有寄出去过？都想逐鹿中原之人原本可以是一对灵魂知己，阴差阳错，各自的路越发远了。

亳州火车站旁，有一小卖部唤作“鹿邑小店”，一见这俩字，我眼睛便放光。鹿邑，今属河南地界，但自古与亳州不分彼此。送站的大姐说，近得很，约十分钟的车程。如果重来亳州，一定专门看看。北方大地的一马平川以及天上大开大合的灰色云朵，隐隐约约间，总有一种兵气，仿佛时光倒流，又是年少时的课堂，历史书一页一页翻过去了，徒留群雄逐鹿中原的喧哗、铿锵，耳畔时有鼓声，轰隆隆的遗韵犹存，待仔细寻找辨别，除了万里长风，除了一望无际的麦田，却什么也没有了——驻足涡河桥头，叫人好生惆怅，恰恰，连这种惆怅又都是辽阔无边的。面对这条河流，又怎能绕得开老聃呢？一部《道德经》，一代代人皓首穷经地解读，依然不明所以。私以为，“道德”的“道”，应是“参天地”之意；“德”大约是“观自己”了。所谓“道德经”，即自宇宙天地万物至小我的一部经书吧。时移事往，岁月更迭，老聃骑青牛出关的形象越发模糊，他留给世界的，除了一个背影，便是大片的沉默，如柴可夫斯基《第六交响曲》开头，四五十把小提琴、中提琴、大提琴齐齐合鸣的浮世之音。东方哲学，一言难尽啊。绕不开老聃，同样绕不开庄周，作为一个擅长夸张、隐喻的寓言体修辞大师，西方所有的神话，在他的文本面前也会黯然失色：巨鸟展翅，可掀大海之浪涛，高飞九万里……这种修辞能力，大抵得益于北方平原的无形滋养吧。庄子若生于皖南，想必写不出这么曲折意深的诗性童话。是的，我一直将他的文本当作诗、当作童话来读——唯有诗与童话，才是充满神性的。二十余年前，我有幸毕业于皖南乡下的老

庄中学。实际上，中国的许多气脉始终留在了乡下。可惜，这所拥有哲学意味名字的中学早已不在了。回合肥的列车上，车长前来与我们攀谈。他自小热爱文学，学画，习古琴，至今笔耕不辍。我问他："生活如此丰富，做这份工作可委屈？"他笑："工作四日，休息四日，每天见众人，还能积累小说素材……"忽然记起，有一次，同事同样说起过："你不觉得我们窝在这里挺委屈吗？"我的愿望小而又小——但凡可以放下一张书桌，在哪里，都不委屈。四小时后，车抵合肥，车长郑重地戴上帽子，为我与同事打开另一扇车门，彬彬有礼地将我的行李箱提出去。薄暮里，我们于人流熙攘的站台握手告别。文学真是神奇啊。因为机缘，被邀请至古城亳州，于运兵道里感受着曹氏父子的气息文脉。未曾料想，回庐列车上，有幸遇着一位有着极高文学素养的列车长，于嘈杂无章的车厢里，我们三人畅谈一路。列车呼啸着，令平畴远畈的麦子急速向后倒去，小满过后，大抵就要动镰了。这一路，我还看见了炊烟、绿树、紫花……世间种种，尽收眼底，仿佛一切都在这里了。

作者简介

钱红丽，安徽枞阳人，知名女作家。20 世纪 90 年代初开始写作，出版有随笔集《华丽一杯凉》《低眉》《风吹浮世》《读画记》《诗经别意》《一辈子历历在》《四季书》《一人食一粟米》《独自美好》《等信来》《当我老了》等。

曹操的故乡

文 / 马丽春

一

我去年应安少社之邀，写了历史上安徽的 41 个伟大人物，写他们的故事，和亳州城有关的人物我写了曹氏父子（曹操和曹植）。虽然每人只有区区四千字，可写起来也极易犯晕。我们有位作者因为写不好被踢出局，我被安排进场接他的活。“政治卷”第一个人物便是写曹操，“文艺卷”自然是写曹植。咦，曹操看似熟悉却又如此陌生——其实每个历史人物也都这样，听着都像是熟人，真正走近人物，我们却又一脸茫然。虽然老庄在这里也曾逍遥过很多年，但于亳州城，究竟还是曹操的影响更大些。说是如此，但抵死不做曹操御医的华佗，身后留下的遗产似乎更丰沛，到现在，亳州人民还在吃他的饭。其实不光亳州人在吃他的饭，我们所有的华夏儿女，有哪一个，离得了华佗的精神遗产？他的五禽戏，亲眼看到有人打得行云流水，那一刻我就想学了去，做华佗的徒子徒孙，长袖飘飘过完余生。何况他的麻沸散那么神奇。作为麻醉药

的鼻祖，如果活在现世，华佗早应该为中国拿下第一个诺贝尔医学奖。“亳州药都”大名于天下，和华佗亦离不了关系。有人敢说自己没吃过华佗的饭吗？华佗本是士人一个，精通数经，兼通医术及养性术。“其疗疾，合汤不过数种”，几味药就能解决问题——现在的很多中医治病不开出十几味中药来不搞大军团作战都不叫医生了；“若当灸，不过一两处”“若当针，亦不过一两处”，真正的高手就是这样的，这是一种高度自信。我现在偶尔也给人开方子，也学了华佗，开方子不过几味药，能用两味药解决问题的绝不用三味药。华佗的养性术亦不玄奥，“人体欲得劳动，但不当使极耳”，此公发明的五禽戏现在仍在亳州城里盛行，有哪一种文化、哪一个人物会如此深入人心？只一华佗耳。

二

我在 1981 年的秋天，去杭州读中医。从 1981 年读到 1989 年，在中医药大海里泡了整整 8 年的时光，然后做了 5 年医生。华佗便在中医文献书里向我模糊不清地走来。当时我对他半信不信。你想我当时也只有十八九岁，华佗发明麻醉药？我觉得有点玄。因为此后的中医，都不会这一招儿。没有旁证，只史书传记里这么一说，我自然会有些怀疑。华佗不单会内科，外科亦高明，针灸术亦厉害，这样全才的中医历史上似乎只华佗一人，可惜他和曹操是同时代人又是老乡，当曹操知道华佗的神奇医术后，便召之，华佗的命运大转折就这样到来。曹操得的是头晕病，“每发，心乱目眩”，像是现在所说的颈椎病或美尼尔氏综合征，现在“心乱目眩”者比比皆是。曹操每次头晕病发作，华佗一针而愈。但他只能改善症状，却治不了根。也就是说，华佗的医术也是有缺陷的，这也怪不得华佗，世界上的神医大约是不存在的，现在亦然——何况是东汉那个时候。曹操发病越来越频繁、病情越来越严重，对华佗的依赖也越来越深。于是华佗犯愁了——颈椎病本来不难治，可问题是曹操不太听话，再加上政务缠身，所以他只能缓解病痛，治不好曹操。华佗便思脱身术，于是找一个借口回家去，再也不复返。这还得了？会养性术、本应长命百岁的华佗因此而被曹操干掉。曹操事后也后悔，因为他的宝贝儿子一病不起，一命呜呼了。这个故事在亳州城里人人皆知。

三

我们在第二天去了曹操的地下运兵道。这是个伟大的工程，在观摩地下运兵道前，我们先看了看建安文学馆，还在曹操留下的“衮雪”二字前合了影，算是对他老人家的致敬。长达 8000 米（目前只开放 800 米最精华的部分）的运兵道（距地面 2~4 米）是 1969 年全民兴起“深挖洞、广积粮”时被无意中发现的曹操的最大秘密。南宋时，这个地下道因黄河水倒灌而被彻底淹埋，从此长睡地下近千年。这让我想起我在土耳其时参观过的那些地下工程。不过，跟曹操的运兵道比起来，那些都是小巫。运兵道最窄处只能容一人低着头过去，最宽处则可以三五人开个短会。还布置有各种陷阱，也有各种迂回、穿插、进出的通道。设计严密且完整，就技术难度而言，胜过地上长城。至于我们从小看过的《地道战》中的地道，也难以和曹操的相媲美。如果想到曹操在十几岁时便研究兵书，著有《孙子略解》，再加上他举

世无双、文武贯通的才气，也便毫不奇怪这样的杰作只能出自他手。

四

曹操出生在东汉末年一个特殊家庭。说他家庭特殊，是因为他祖父曹腾是个宦官，父亲曹嵩年轻时做了曹腾的养子，所以曹操也便成了大宦官的孙子。曹腾在公元 120 年，进入宫中做一名伺候皇太子读书的小太监，太子继位做了皇帝（汉顺帝）后，曹腾也因此得到提拔，到汉桓帝即位时，曹腾已被封为“费亭侯”，这在太监中，算是混得最好的了。公元 135 年，汉顺帝允许宦官以养子袭爵，曹腾便领养了曹嵩作养子。曹嵩是个什么出身呢？历史上语焉不详，推测起来，他很有可能是曹腾的子侄，过继而为养子。虽然出身低贱，但曹家人智商并不低，从曹腾在宫里混到了老大的位置还封了侯便可窥见一斑。曹嵩过继给曹腾后，命运也开始大翻身，后来官至大司农、大鸿胪乃至三公之一的太尉。政治地位不是一点点高，而是非常高了。曹操出生在这样的官宦之家，从小熟悉的就是宫廷政治。曹操出生时的东汉末年又是什么鬼时代呢？有两个关键词：一是土豪多，二是大家族多。这些土豪巨族不但拥有大量的土地，甚至还可以拥有武装，他们为官，还可以世袭。穷人永远拼不过他们。这样一来，穷的更穷，富的更富。社会极端不稳定。曹操家虽然有钱，也有势，但曹家出身低贱，权贵人家还看不起他们，而曹操呢，他也看不起权贵人家。他从小很野，皮孩子一个，喜欢疯玩，射箭打拳之类他很擅长，一学就会，打架斗殴什么的，他更是高手。曹操还喜欢到处游荡，经常呼朋唤友，三五成群在一起疯玩。

五

公元174年，20岁的曹操被州郡推荐，举“孝廉”，做了一名郎官。不久，又因选部尚书梁鹄、京兆尹司马防的推举，做了首都洛阳的北部尉，负责管理洛阳城北这一片的治安。尉官比县令还要低一等级，但毕竟是个实职，何况又是权贵集中的首都的治安官。军事迷曹操当上这个北部尉后，他让人特意赶制了五色棒，就挂在尉衙门两边。洛阳城北这一片共有四个城门，按规定，夜里如要出城，必须持牌；如无牌，任何人都不许出门。曹操张示禁令，只要违反规定，不管他是何许人也，都用棒责。几个月平安无事。可有一天，偏有人违反规定，不去领牌却半夜提刀出门，曹操让守门人将其拿下。他说他是汉灵帝宠幸的小宦官蹇硕的叔父，夜里出门有急事，如果不放行，等着瞧。曹操就怕来软的，而不怕来横的，他当即下令，这么嚣张的人物，用五色棒把他打杀。自此，谁也不敢再触犯禁令了。蹇硕得知后恨得牙痒痒，没想到大宦官曹腾的孙子这么不给面子。曹操很快被调整了岗位。先是去外地做了一个小县令，很快，又征召他回中央，做了一名有职无权的“议郎”。公元178年，汉灵帝听信宦官们的挑拨，废了宋皇后，因为宋皇后对宦官们左右汉灵帝十分不满，多次发生冲突，对宦官们构成了威胁，宦官们索性先下手为强。宋皇后被废后，她父亲和几个兄弟都被杀害，她本人不久后亦抑郁而死。曹操表妹夫宋奇是宋皇后一个族的，也被杀了。受此牵连，曹操也被罢官。宋皇后事件给曹操极大的刺激，这是他第一次近距离目睹宫廷政治的黑暗、

血腥和残酷。

六

曹操被罢官后回到老家，继续钻研他的兵书，当然他也读史书、读文学，也继续练拳弄剑。他试图把文武之道彻底打通。他的理想国的设计，在这时候已隐隐现出目标。他在这时候写的一首《对酒》诗中，便充分反映了他的思想境界和治国理念：“对酒歌，太平时，吏不呼门。王者贤且明，宰相股肱皆忠良。咸礼让，民无所争讼。三年耕有九年储，仓谷满盈，斑白不负载……犯礼法，轻重随其刑。路无拾遗之私……人耄耋，皆得以寿终。恩德广及草木昆虫。”王者贤明，宰相朝臣都是忠良人士，没有战争，没有诉讼，没官吏上门来抓人，子民都有教养，讲究礼节，耕者有其田，路无拾遗，人人都能活到长寿，连草木昆虫都享受到仁君的恩泽。对酒当歌，天下太平，这是一个多么美好的世界。二十多岁的曹操便有这么一种境界了，皮小子不光长大了，还成了一个思想家。未来他将是一个贤明的王吗？这时候的曹操，可能还没想到这一步。曹操在这个阶段俨然成了一个愤青、一个热血诗人。他不断在诗中讲述他的理想国的各种目标，比如《度关山》中，一开篇便说“天地间，人为贵”，他自己虽然是有钱人，但他反对奢侈生活，推崇节俭、谦让及各种美德。曹操设计理想国，是因为他看到了东汉末期世族豪门的疯狂和黑暗。他是被现实的残酷逼出来的。

七

公元 180 年，朝廷急需一个精通《尚书》《毛诗》《左传》《春秋》及《穀梁传》且又能活学活用的学者型官员。把书读死很容易，但读活不容易，朝廷找来找去找不到合适的人，这才想起远在谯县正在苦读书的曹操，于是几个官员联合推荐了他，曹操在两年后重新被征召进京，做了“议郎”。曹操重新回到京城，得知起用他的真相后，做派一如往常，绝不收敛半分。议郎议郎，就是要写文章要议事的。看不惯世事的曹操，忍不住还是会出手。他最看不惯的是一件什么事呢？汉灵帝即位初年，大将军窦武、太傅陈蕃预谋对宦官集团进行精准打击，结果消息走漏，他们自己反被宦官们干掉了，还牵连进去一大批有才有德的清流人士。这批人士都被清算杀害，虽然事件已过去十几年，但曹操仍为他们鸣不平。他觉得身为议郎，他有责任提醒灵帝，告知事件真相，还他们以清白。他不顾自身安危，上书灵帝，建议为他们平反，并远离宦官们的控制。这道疏交上去后，朝廷哗然一片。这曹操胆子也太大了。汉灵帝看到有什么反应呢？谁也不知道。反正没有下文。宦官们都恨死了曹操。后来曹操又上过一道疏。这次目标是弹劾三公，揭露三公包庇豪强和贵戚。这道疏呈给皇帝后依然无声无息。汉灵帝已变成了昏君。曹操此后不再上疏，他对汉灵帝彻底失望了。

八

公元 184 年，黄巾大起义爆发。起义头目是张角三兄弟，他们兄弟以给人治病的名义游走各地宣传“太平道”，足足

有十年之久，教徒多达几十万，势力极其可观。起义前，他们已买通了宫中的侍卫作为内应，还约定了联络暗号。起义还没爆发，内部消息先走漏了，这才惊动了朝廷。汉灵帝下诏书要捉拿张角兄弟，张角被逼提前起义。为了与其他起义者区分，他们头上都裹有黄巾，故称“黄巾军”。曹操被朝廷任命为骑都尉，率五千骑兵，去攻打颍川一带的黄巾军。这是曹操第一次参加真实的战争，他的军事才华派上了用场。在“长社之役”中，曹操率领骑兵队全力猛攻，没有训练的“黄巾军”很快被击溃。因为平叛有功，曹操在 30 岁时被升任济南相，做了一方太守。曹操上任后，先进行一番实地调查。济南辖下共有十多个县。曹操发现很多县吏都和有钱有势的人搞到一起，吏治腐败，贪污成风，有的县吏作恶多端，老百姓恨之入骨。曹操便把八个县的长吏一一做了检举和罢免。那些土豪劣绅一看曹操来这一招，他们也慌了手脚，干脆一跑了之。济南有个亲王名叫刘章，他这人很迷信，交往的都是些神神道道的人物。这些人物中，便有不少地痞流氓，其中一个名叫陈天龙的，以看相看风水为名，常常撺掇刘章干点坏事。济南境内祀庙盛行，乌烟瘴气，仅刘章建的祀庙就有六百多所。老百姓被这一帮牛鬼蛇神害得苦不堪言。以前的济南相，没一个敢惹他们的。曹操在调查清楚后，果断下令济南全境禁止祭祀，并拆除所有的庙宇祠屋。这个行动比打击“黄巾军”还让人震撼。谁敢去碰鬼神？但曹操就敢去碰。这么一位不怕神不怕鬼的人物就出生在亳州。他给亳州不光带来了“地下长城”，还带来了文学及其他。我在三两天的亳州之行中，东逛逛西晃晃，吃几道美食，看几个景点，接触几个不一般的亳州人，他们有文气也有侠气，似乎和曹操和华佗也都有些关联。要说他们最核心的气质是什么呢？若说出来，我觉得还是那种“理想国”的气质。

作者简介

马丽春，高级编辑，新安晚报文体中心新闻总监、《大皖徽派》（文化频道）主编。著有《与欲望无关》《画画那些事儿》等作品集，《包公那些事儿》及《大宋名臣包公》即将推出。

亳州杂记

文 / 张秀云

一

立夏真是个好时节，行驶在高速公路上，目光所及之处，尽是碧绿的原野，正在灌浆的麦子，在朗朗晴光里绵延铺展，白杨树一片片，浓密的树冠在微风里流着翠绿的油光。就着满目葱茏，我坐在车里，眯上眼听王珮瑜唱的京剧《捉放曹》，“曹孟德在马上痛恨董卓，欺天子压诸侯恶事颇多……”，咿咿呀呀的丝弦声里，曹操正快马奔逃，眼看着要被差役缚了。一抬眼，我看见窗外一大片芍药花，正开得如红绡、如锦霞——原来，已到亳州境内了。果然是历史底蕴深厚，进了亳州城，前往曹操地下运兵道，但见指路牌上出现的是药都路、三曹路、建安路、文帝路，右边的魏武广场掩映在绿树的浓荫里，远远地，可以看见一桌一桌的下棋人。地下运兵道里凉意幽幽，遍布的灯管照得四下雪亮，有光怪陆离的豪华。当年，这条全长 8 千多米的地下道，应当是幽暗的，油灯或者火把的微光里，一个个士兵手持兵器，从或高或低或宽或窄的地道里出出进进，一定是压抑和恐惧的，不会有眼前的明亮安稳。那是一个怎样的乱世？群雄并起，诸侯争霸，民不聊生。曹操在《蒿里行》里这样描述：“铠甲生虮虱，万姓以死亡。白骨露于野，千里无鸡鸣。”这样的乱世让他痛苦，这样的百姓让他同情，他慷慨悲愤，激荡起壮志凌云，正是这种痛苦和豪迈，成就了中国文学史上一个有名的时代——建安文学。运兵道的入口处，是一座谯望楼，1800多年前，亳州名为谯县，那时候，这里是有一座楼台的，手不舍书的曹操喜爱吟咏，“登高必赋，及造新诗，被之管弦，皆成乐章”，不知道，在此处，他带着曹丕、曹植和建安七子，曾经吟诵过多少诗篇。京剧舞台上，曹操的形象一直是白脸，他被文学作品和戏曲故事钉于“挟天子以令诸侯”的耻辱柱上，可在文学史上，他却是成功的，他之所以挟天子，是为挽救天下苍生，事实上，他基本统一北方后，确实带来了一个相对安定的时代，一个文学繁荣的时代。建安文学代表人物就是三曹和建安七子，这其中，我最喜欢的还是曹操，你看他那首《观沧海》，“日月之行，若出其中。星汉灿烂，若出其里。”胸襟有多开阔，这种豪迈雄健，到了曹丕那里，就像焰火熄了下去一般，那些战乱之苦、背井离乡之苦，在曹丕诗里，多化成女子的泣诉，悲凉婉约，潦倒没落，再没有雄浑的气势和昂扬的斗志，没有了帝王气度。所以，对于弟弟曹植，他一直猜疑忌恨，一直“相煎何太急”。曹植的文学成就，三曹之中当是最高，只是在夺嫡斗争中败下去之后，他的政治抱负也在打压中慢慢消退了，只剩下孤愤，剩下无奈，剩下华茂的词采。“愿为西南风，长逝入君怀”，他把哀愁寄托于风，寄托于洛神，后期

的诗作，读来让人忧愤惆怅。我少年时，爱过他的《洛神赋》，爱过他华丽铺排的辞藻。那时候还傻傻的单纯，相信洛神就是他相爱却不能相亲的嫂嫂，而今想来，颇觉好笑，被曹丕监视居住、辗转迁徙几乎失去人身自由的他，哪还有闲心恋爱和相思？只剩一怀郁郁不得志的哀愁罢了。抑郁的曹植病终在 41 岁，与此同时，建安文学也画上了句号。建安文学结束，但它的影响从没有结束过，建安风骨，指导着之后一千多年的文学创作。

二

我喜欢听戏，尤其是京剧和昆曲。花戏楼前游人摩肩接踵，众人指着门楼上繁复精致的砖雕木雕，啧啧赞美。对着那个空落落的戏台，我却觉得冰凉寂寞。不只我觉得寂寞，那屋顶上整齐排列的小瓦，飞檐翘角上蹲着的走兽，以及瓦缝里生出的野草，都觉得寂寞吧？这么好的戏台，应该交给金少山们吊嗓，交给周信芳们唱戏，才算物得其所。所有的《华容道》京剧版本里，我最喜欢的就是这两个人的组合，金少山饰曹操，周信芳唱关羽。他们俩，金风玉露一相逢，配上锣鼓锵锵丝弦咿咿，台下的人有多么享受，语言无法描述。当选在一个月夜，霓虹熄了，车轮停了，整个亳州城沉沉睡去，明月高悬在花戏楼上空，月光沐着旗杆，沐着楼台，灌满砖雕里的水缸。戏台上，曹操盔歪甲斜地奔逃到华容道，低声下气恳求关羽："想当年我待你恩德非小，上马金下马银美酒红袍，官封到寿亭侯爵禄不小，难道说大丈夫忘却故交！""虽然是你待我恩德义好，我也曾还过了你的功劳，斩颜良诛文丑立功报效，将印信挂中梁封金辞曹……”金少山的嗓音醇厚饱满，周信芳是倒了嗓子之后凤凰涅槃的嘶哑酣畅，二人嗓音裂帛穿瓦，拖长的尾音在月色里回旋着，飘过树梢，飘过屋檐，飘向涡河静静的水面。我立在台下，看他们转身，抖髯，皂靴在木地板上噔噔作响，内心止不住汹涌澎湃，千回百转。如果能穿越几十年，我愿意为金少山捧冠脱靴，为周信芳牵马坠镫，如果有来世，我要做他们身后的一名琴师，用一生的时光紧紧追随，同他们的呼吸一起起伏高低。这座花戏楼，据说当初是山西、陕西商人集资兴建的会馆，当初，应该也经常响着锣鼓丝弦吧。都唱些什么呢？豫剧？秦腔？京戏？黄梅戏？门楼上镂雕的那些图画，《三顾茅庐》《李娘娘住寒窑》《打金枝》，该都是常唱的吧？更不会少了曹操的戏，在这里土生土长的曹孟德，少年时做过的诸如抢亲之类的“坏事儿”，而后驰骋沙场成就的伟业，都是乡亲们茶余饭后的谈资吧。

三

涡河水平如镜，映着两岸郁郁葱葱的绿树，映着天空一团团灰白的云朵。一条小船驶过去，犁破水面的图画，转瞬，又慢慢恢复平静，还原天空和绿树。我立在桥头，举目远眺，看它拐了一个大弯，消失在远方。身旁坐着一个钓者，正新装了诱饵，把钓钩甩到桥下，他身边的水桶里，已有几尾半尺长的鲜活的草鱼。这是一条丰盈的河流。河畔上有老子的脚窝，脚窝里长着一茬又一茬青草。想当年，一个微雨燕双飞的早晨，或者洪波涌起秋风萧瑟的日暮，他面河而坐，面河而思，坐着坐着，口里就吟出了一句“圣人之

道，为而不争”……那些哲思，河流替他储存，替他宣读，一直读到今天。汉末的战乱里，这条河落过乱离人的眼泪，流过征战人的鲜血，听过金戈铁马的呼啸，闻过曹操“生民百遗一，念之断人肠”的叹息，它默默地承受着，用“祸兮福之所倚，福兮祸之所伏”安慰着众生的痛苦。而今，这条把亳州城一分为二的河流，平静地流淌着。桥面上，一辆辆汽车呼啸而过，散步的、逛街的，那些衣着光鲜的人，把欢歌笑语洒进河中。老街离河不远。小巷深长，两侧是青灰砖墙的老屋，墙上整齐地挂着一串串红灯笼，夜晚，灯笼同时亮起，小巷内有盎然的古意。晚饭前从此经过，看见一面爬满青藤的老墙，墙下一方原木桌子，两个老者正对面坐着，跷着二郎腿，“闲坐说曹操”，手边是一把刚择好的芹菜。他们脚下，是四通八达的地下运兵道。同行者说，不远处的一户人家，院子里挖出了运兵道，没怎么修葺，是原汁原味的。晚饭后，我们专门去寻，原来是一个糕点店，柜台里面摆满芝麻饼、桃酥之类甜蜜的点心。后院黑乎乎的，有金银花的花香袭来，转过花香，沿阶而下，就是一米多宽的地道，地道有两个进口，青砖砌墙，脚下遍布积水，一盏灯泡的微光冷冷照着，立在道中，但觉凉飕飕寒气逼人。这条地道和谯望楼下对游客开放的地道相连，只是淤塞着，还不曾打通。被幽暗和寒意驱赶着上来，洞口金银花的气息把人劈面拥住，重生般的温香暖软。在网格一样密布的地下运兵道上面，亳州人过着温暖平静的烟火日子。早晨，蹲在屋檐下，吃一块焦酥香韧的牛肉馍，呼哧呼哧喝一碗浓稠清香的麻糊汤，然后，去上班，去做甜蜜的点心。把翠绿的薄荷裹了淀粉烧汤，煎得金黄的鸡蛋饼切成细丝，投进去，这样金黄碧绿的一碗汤，喝一口，回甘满喉，余香绵绵不绝。不愧是华佗故里，薄荷也拿来做菜了，炖一只鸡，要放十几味养生中药材。那些运兵道里走过的孤魂，看着地面如此光景，羡慕，还是宽慰呢？

四

《中国药典》里，冠以“亳”字的中药材好像不少，亳芍、亳菊、亳桑皮、亳花粉。我对中药很有感情，几年前调理身体，几乎有一年时间一直在喝中药，每天晚上，厨房的砂锅里都咕嘟咕嘟冒着草药的香气。早就知道亳州药材种植面积广，芍药是当庄稼种的，到了城外，果不其然。正是芍药花开时节，花田红绡铺地，蝴蝶翩翩，蜜蜂嘤嘤嗡嗡不绝于耳。孩子脱下帽子，辗转去扑那双双飞舞的白蝶，在花田里进进出出，一会儿工夫就弄得裙子上尽是金黄的花粉。当年，华佗给人治病，常常是一药甫下，沉疴立起，坊间流传的那些起死回生的故事数不胜数。他被人们视为仙人。后院楼上，一个妇人一身玫红绸衣，宽袍大袖，正演示华佗设计的五禽戏，只见她时而威猛如虎，时而安舒如鹿，时而沉稳如熊，猿之灵巧，鸟之轻捷，变化多端，一套拳打下来，汗水在气血丰足的脸上小河般流淌。多遗憾，华佗失命于曹操，如不然，他肯定可以活到百岁，留下多少著述，带出多少徒弟，造福多少乡民。华佗故里的中药材市场，果真是大，蛇蝎鳖虫，花草根皮，如山堆积，应有尽有。朋友买了一包薰衣草，干燥的花蕾安卧袋中，紫得炫目，打开袋口，浓郁的香气噌地扑出来，冲进鼻子。据说此花可以安神，做一个枕头枕在颈下，那个终日读书终日思索的朋友，愿她从

此可以睡得酣沉。

作者简介

张秀云，拂晓报社专题周刊部副主任，副刊编辑，中国作协会员，出版有散文集《一袖新月一袖风》，作品见于多种文学刊物。

药都亳州芍花美

文 / 董静

一

“天下道源、曹操故里、中华药都、华夏酒城”是亳州的城市名片。16 个字的城市名片，全面概括了这座历史悠久的古城上下几千年的厚重文化。对亳州的印象始于 20 世纪 80 年代初，记得有一年中秋节，我们五姐妹节前回娘家送礼，平时爱喝点小酒的父亲说，我对象送的古井贡酒最好。当时的古井贡酒是 5 元一瓶（玻璃瓶装），还要凭票供应，价格算是不菲了，那个年代，多数都是打散酒（红芋干子酒）几毛钱一斤。从此，“亳州”“古井贡酒”深深地印在了我脑海中，至今我家里还珍藏着一箱 12 盒装，每瓶 55 度的 500 毫升玻璃瓶装的古井贡酒。亳州我来过几回，可惜每次都是来去匆匆。这次参加“木兰故里春风行”活动，走进亳州，收获颇丰。亳州是药都，是全球最大的中药材集散中心，早已名扬海内外。上个月去波士顿，女儿特地让我给她带一些亳州的玫瑰花茶。她用玫瑰花茶招待客人，并把这种茶介绍给那里的朋

友、老师和同学，结果深受大家的喜爱。说到药都，不得不说亳州的芍药花。一向对花草感兴趣的我，五一期间注意到一条电视新闻：2019 中国（亳州）芍花养生文化旅游节如约而至。镜头里一丛丛、一片片盛开的芍药花，姹紫嫣红，美丽壮观。说实话，我是第一次看到如此大规模的芍药花田，想到不久要到亳州采风，不由心随花飞，生怕错过了花季。这次采风活动，主办方为了让作家对芍药有更深的了解，更好地宣传药都亳州，活动的最后一个行程是参观 2200 亩药都四季花海。

二

那天一大早，我就把自己打扮得美美的，同行的常老师约一些文友，尽地主之谊，带我们去品尝亳州的名小吃、“非遗”美食——牛肉馍。牛肉馍吃起来外脆内软，香软可口，据说和大蒜相搭是绝配，可以大大提升牛肉馍的口味，考虑到一天的集体活动，还是没敢尝试搭配大蒜吃，略有遗憾。早餐后，赶回住处，统一乘大巴，先去全球最大的中药材集散中心——亳州中药材市场。陪同的市妇联主席戴爱霞热情地向我们介绍，从明朝开始亳州就是中药材集散中心。如今的亳州中药材市场占地 1000 余亩，规模宏大，外观是芍药花的造型。这里芍药花销售量占全国芍药花销售量的 70%，可见芍药花在这里的地位举足轻重。走马观花逛市场，居然发现几乎所有的花草和一些动物都能入药，真是开了眼界，想来我的自留地里也有不少宝贝呢。自认为对花草有些了解，结果一开口就连着说错了三种药材的名字。看到一袋袋切成小段的树皮，脱口而出：树皮。戴主席马上纠正说是杜仲。橘子皮，戴主席说叫陈皮。八角，戴主席说是连翘。哇，出丑了，吓得后面一直闭口不言，再也不敢乱说了，真是长知识！

三

逛完中药材市场，我们便前往期待已久的四季花海。通往四季花海的路叫木兰路，路旁的小沟叫木兰沟。作为花木兰的家乡，木兰精神激励着一代又一代的姐妹们，体现木兰精神的《木兰辞》广为流传，我 97 岁的老母亲现在还能一字不落地背诵下来。木兰文化符号在这里随处可见，像我们这次活动的主题“木兰故里春风行”，还有 2018 年成立的“木兰文化研究会”等。戴主席介绍说，木兰沟是 1958 年开挖的，以未成家的姑娘们为主，历时两个多月完成，解决了周围农田旱涝保收问题。路两边是一片片花的海洋，蓝香芥、虞美人和各色芍药花。芍药花田边的提示牌写着：盛开期 5 月 1 日。显然我们来迟了，好在绽放的花朵依然那么艳丽，一株株芍药花开出了牡丹的效果，枝叶繁茂、花形硕大，白、黄、绿、粉、粉蓝、红、紫，色彩缤纷，赏心悦目，兼具色、香、韵之美，简直是美不胜收。美女们早已顾不上头顶上的烈日，自拍、互拍、合影……当天恰逢母亲节，收到了远在大洋彼岸的女儿发来的微信：“妈妈，母亲节快乐，您是最棒的超级妈妈。”还有几位母亲这时也收到了孩子的祝福和红包。妈妈们徜徉在美丽的花丛中，喜悦之情溢于言表。在这特殊的日子里，愿天下母亲像花儿一样幸福！

四

芍药花，花朵清丽雅致，同时它的根茎又是中药材，作为药都亳州的市花最好不过了。城区处处都有它的身影，当

我们乘坐的列车接近亳州城时，两边的青绿麦田和穿插其间粉红的芍药花田，成为沿途的一道亮丽风景，美不可言。芍药花，每年的 5 月初开放，被称为“五月花神”，又被誉为“花中丞相”。与牡丹花不相上下，自古就有“牡丹为花王，芍药为花相”的说法。它不仅具有很高的观赏性，还有极高的药用价值。资料上记载，芍药花是我国栽培最早的一种花卉，位列草木之首，有“花仙、花相”之美称。它的花、叶、根、茎均可入药，有抗炎、抗菌、镇痛、敛阴养血等功效；它还是保健、饮料之珍品，芍药花泡茶、泡澡、美容、美肤，能促进新陈代谢，提高肌体免疫力，抑制脸上的暗疮，延缓皮肤衰老，自古以来为女人所爱；芍药花粥可以养血调经，被誉为“妇科之花”。芍药花别名众多，“离草”“将离”“娇容”都是对它的昵称。芍药花是我国的爱情花，花语是美丽动人、难舍难分、依依不舍。这次亳州之行也是应了芍药花的花语，难舍难分，依依不舍。曹操运兵道、花戏楼、华祖庵、南京巷钱庄、北关历史街区及老街夜市，向我们展示了这座历史古城的深厚底蕴。虽说是“南到黄山看风景，北到亳州看人文”，而我对这里的芍药花却情有独钟，希望自己的园子也栽种几棵芍药花，既好看、实惠又体现品位。药都亳州芍花美，明年花开再来会。

作者简介

董静，喜读书、爱摄影、看自然、悟人生。文章多以亲情、生活、怀旧为主，点点滴滴，如实记录，充满了生活的气息。曾出版散文集《有一种爱叫放手》《咱家三口的三种生活》（合集）。

水晶薄荷

文 / 董静

水晶薄荷，是以薄荷为主要原料制作的一道汤的名字，上个月在亳州首尝。作为开胃汤，一大盆端上来，开始我并没有特别关注。再细一看，这碗汤很特别，汤里卧着一片片晶莹剔透翠绿的食材，和金黄色薄薄的蛋饼丝一起，煞是好看。舀一勺，尝一下，有种特殊的余香，食材脆而润滑，好特殊的汤啊，赶快咨询前来上菜的服务员。“水晶薄荷。”服务员答道。啊，好一个充满诗意的汤名！

薄荷也能做出如此养眼而美妙的汤？如果不是细细品味，我怎么也想不到这翠绿的食材竟然是薄荷。薄荷我太熟悉了，自家的园子里种有不少，那是前年从文友家移栽过来的，园子虽小，我只要看到自己没有栽种过的品种都想尝试着种几棵。令我没有想到的是，薄荷的生命力极强，它在园子里生长迅速，根须穿过花盆漏水孔蜿蜒生长，寻找新的地盘，如今已达到“秧满为患”的地步了，严重影响了其他植物的生长。

薄荷色绿气浓，属于唇形科植物。它那浓浓的特有的气味我不太喜欢，做菜、做汤似乎都不适宜，在别处也没有吃过，望着一株株绿莹莹的薄荷，感觉除了养眼，别无他用，弃之又可惜，让我犯起难来。开始时每次到园子里，我会掐下一片嫩叶，含在嘴里，那浓浓的味道瞬间直上脑门；也曾剪过些嫩头晒干泡水喝，但因气味太冲，勉强喝了两回再也没了胃口。听文友说，他家的薄荷已侵占了大半个的园子，统统被他拔了去。起初我舍不得清除它，但又不知如何利用，原以为也只能如此了！

亳州之行，第一次见识了水晶薄荷，我对它充满了好奇，要好好学习学习。仔细观察碗里的水晶薄荷，原来那层水晶般的外衣，是薄荷叶裹上的淀粉，下到汤里，不仅增加了薄荷厚实劲道的口感，保持了叶片的青绿和鲜脆，还消除了那浓浓的薄荷气味，真是太神奇了。为了学艺，我连喝了两碗，每一口都是慢慢品尝。晚餐在另一家餐馆，又是一份水晶薄荷，但口感比中午的差了很多，虽然看起来别无二致。是汤的缘故？中午的汤汁感觉浓厚许多，高汤？晚餐的这碗汤似乎就是清水下料。我不知道地道的水晶薄荷应该用什么汤，凭口感，还是中午的那道汤更胜一筹。

亳州是药都，华佗的故里，薄荷这味中药材，竟也成为人们餐桌上的美食。在这里，薄荷做菜随处可见，凉拌薄荷，清爽可口，是夏日里的一道清凉菜，还有薄荷点缀的其他菜品和饮料，回家咱也仿着做一做。怪不得在波士顿唐人街的中国超市里，薄荷整齐地摆放在菜架上，当时我还奇怪，薄荷也能做菜？终于解开了心中的这个谜团。

话说家里的薄荷蔓延得到处都是，拔过几次，很庆幸没有彻底根除它。因为重视，我查询了相关资料，它的药用价值高，是发汗、解热的良药，可以治疗流行性感冒、头疼、目赤、身热、咽喉和牙龈肿痛等；薄荷水局部应用有清凉、止痒、消炎、止痛的功效；由薄荷制成的薄荷糖、薄荷牙膏不仅可以提神醒脑，还能去除口腔中的异味，使口气清新，是旅途防晕眩及反胃的必备之物。

一碗水晶薄荷，让我重新认识了薄荷的种种好。薄荷的叶子有点像芝麻，一层漫过一层往上生长，绿莹莹的一串串，摇曳在风中。薄荷是天然的蚊香，绿色又环保。夏季到了，薄荷特殊的香味可以很好地驱蚊驱虫。家养一盆薄荷做绿植，可观赏、药用、食用，真好！

我在亳州十七年

文 / 王小玲

一、亳州的房子

第一次来亳州，是在 1997 年夏天，那时男朋友住在药材街，药材街的房子基本是一层或两层，很大一间，不隔开的，便于放货。住那里的基本是药商。从药材街坐车到中药材交易中心（以下简称大行），印象中路过大片的农田，当时火车站和大行可能算是郊区吧，如今沿路都成了繁华地带。2002 年，男朋友已是夫君，并且我们有了可爱的女儿。我们搬来亳州长住，租的是林业局前面的房子，楼上一间楼下一间，一年的房租才 1500 元，现在想来，真便宜啊。然后又租了两套大一点的放货。在那里一住就是八年，直到门口修成了魏武广场。原本，我们门口是一片空地，像足球场一样，前面有一片小树林，小树林的后面是个小公园，公园里有几只大象，忘记了是水泥还是石头做的，我们叫它大象公园。吃过晚饭，常带孩子到大象公园玩一玩。那时人不多，安宁而闲适。当大象公园变成魏武广场，也不知从哪里冒出那么多人，仿若世外桃源突然变成了闹市中心，有种穿越时空的错觉。随着魏武广场和沃尔玛超市的建成，周围的房子也跟着升值，我们住的房子成了门面房，房租暴涨，我们只好搬家。当时，我准备买房子，每天四处看房，跑了很多地方。因为做生意，必须要有一楼可以放货，只能买别墅，复式或大套的一楼，可选择的房子比普通住宅少很多。我每每看中的房子，都被夫君大人一一否决：这个位置偏了，那个路不好……反正总是有理由。说到底，还是他不想买房，想囤货。到了现在，当初位置偏的，都成了好地段。最终房子也没买成，开始是他不想买，现在连我也不想买了。迟早是要离开的，没房子可以说走就走，有房子还得卖了房再走，麻烦。来亳州十七年，亲眼见证了亳州的发展，城区几倍增，高楼遍地起，连大行也挪了地方。城南如同建起了一座新城，从河北到南部新区，如树的年轮，一圈一圈，藏着亳州城发展扩张的脉络。

二、亳州的景点

这次采风活动，游览了亳州的各处景点，让我意外的是，每到一处，游人如织。不由想起十几年前，一个本地的朋友带我游亳州，那时的曹操地下运兵道只是一段不长的地道，还没有建安文学馆。进了地道，就只有我们两个人；进了华祖庵，也没有别的游客；进了花戏楼，依然只有我们两个人。看过之后，觉得也没什么好看的。运兵道就是一小段支道；华祖庵只是一个小公园；花戏楼的砖雕和木雕倒是很不错，可是高高在上，站在地面根本看不清，又不能搬个人

字梯爬上去看；老街破破烂烂的，只有石板路颇有味道，让人想撑一把油纸伞，慢慢地走，走进旧时光。这些地方去过之后，就没有再去了。反复去的，是大行。第一次到大行，看到那么多品种的中药觉得很新鲜，这个摸摸，那个看看，比逛菜场好玩多了；看到小时候见过的野生植物，总是忍不住说，啊，原来这个也是中药啊；看到五颜六色的花茶，就想每样都来一点，不是想喝，是想摆着看。花、果、根、茎、叶，品种丰富，动物、植物、矿石，五花八门，从此爱上中药。第一次看到芍药花被惊艳了，春风里，芍药花红，成片成片的，开到极致，如浓墨重彩的油画，如天边铺满朝霞，如此怒放的生命，美到奢华；第一次见到牡丹，和芍药花不同，因为作为药材的牡丹，花都是白色，不像芍药花那么热烈奔放，素白的一片开在绿色的枝头，给人的感觉不是国色天香，而是安宁平和，我也是喜欢的。每当亲友问亳州什么时候好玩，我都是建议，最好在五一前后芍药花、牡丹盛开的时候来。这次参观的几处景点，都给人焕然一新的感觉。运兵道修了建安文学馆，还有华佗五禽戏表演，看得我都想学五禽戏了，感觉用来健身很好。写到此处，突然想到，这个五禽戏表演是不是放在华祖庵更合适？华祖庵的变化不大，就是在华佗洗药池增加了喷雾，水雾迷漫，仙气飘飘，如同仙境。如果里面再多种一些中药就好了。花戏楼的人最多，这里的砖雕和木雕确实值得一看。以前自己没看出名堂，这次听导游讲解明白了很多。但依然看不清，真想凑近仔细看看。希望花戏楼里能设置大屏幕，放大展示那些砖雕和木雕。变化最大的是明清老街，修得古香古色，既保留了古建筑，又增加了颜值。逛老街时，有个意外收获。在一个文友的带领下，参观了一段没有开发的地道。在一家民宅下面，据说是古代钱庄藏钱的地方，可以和运兵道相连，但结构和运兵道不大一样，更适合生活，估计当初修建是为了战乱的时候可以藏人。亳州地下还有很多地道没有被发掘出来。遥想当年，该是多么浩大的工程。行程的最后一站是四季花海，我们坐在大巴车上，路两边大片大片的芍药花还没有开败。远远地我看见一片紫色的花田，开始还以为是薰衣草，下车后近看，才知道是蓝香芥。蓝香芥旁边的花田，种着大片的虞美人，就是和罂粟有点像的那种花，有些是大红，有些是淡粉，真的是姹紫嫣红开遍。一条长长的红毯铺在蓝香芥和虞美人之间，赏花人来或者不来，花儿们都在自顾自地美丽。听陪同人员介绍，这里种的花，品种越来越多了，争取一年四季都有花开。很期待四季花海真的一年四季都有鲜花盛开。我天天宅在家里，没想到这些景点变化这么大。以后再有亲朋好友来亳州，我会带他们来这些地方看看。

三、亳州的药材

亳州是药都，最与众不同的是有全国最大的中药材批发市场。在这次活动中，来自合肥的马丽春老师说，她最想了解的是和中药材质量有关的一些内容，想亲自看一下中药材是怎么种植和加工的，怎么保障品质。她自己就是学中医的，当过医生，平时也会吃些中药养生，如三七粉。现在注重养生的人越来越多了，特别是中老年人。但是很多人又不放心，担心中药里有重金属、农药和硫黄这些东西。她讲了一件事情让我感触很深。她说，日本人到中国来租赁土地种植中药，先把土地放置五年，让土地修复，然后化验土壤中

的成分，合格了再来种中药。美国也是一样的。结果，最好的中药不在中国，而在日本和美国。这让我想起，很多年前看过一篇介绍日本中药的资料，说日本的中药都是用冷库保存。当时我很感慨，心说什么时候中国的中药也能杜绝硫熏，采用冷库保存就好了。时代的发展速度比我想的快得多，现在亳州已经建了很多冷库，越来越多的药商把药材存在冷库。不放冷库自己保存的，仓库也通常有制冷设备，因为国家管理得越来越严，往药厂和饮片厂走货都要化验，首先硫就不能超标。以前往外走货，很多人是用饮片厂的执照自己买货，现在这种现象越来越少了。因为出问题的往往就是这种自己买货的，一旦出了问题，饮片厂就要承担责任。现在管得这么严，隔三岔五地检查，市场越来越规范了。从哪个厂走货，就得从哪个厂买货，不能自己直接从市场买货。这样成本增加了，但质量有保证。关于中药材质量标准，药典都有详细的规定，外观，性状，每种药用成分的浸出物要达到多少，硫不能超标，黄曲霉素不能超标，灰分不能超标，不能染色，有些品种还要检查重金属，也不能超标。药典的要求这么详细，这是极好的，能让中药越来越让人放心。但有些规定太死板了，希望国家能逐步修订。比如，有些药材质脆，传统上切的都是厚片，药典却要求一到两毫米的薄片，这根本不好切，容易碎，损耗特别大。有些传统上用的是薄片，药典却要求是厚片。有的药材，药典规定必须是圆形，斜片就不行，其实切成什么形状有什么关系，又不影响药效。有的药材浸出物含量定得太高，以至于市场上几乎找不到合格的，其实低一点也没关系，量用大一点不就行了吗。有关部门应该把监管力度放在药材质量上，是否含有有害物质、是否掺假使假，这才是最重要的。我曾听说过这样一件事，亳州某饮片厂的药材卖到外省某药店，当地的药监局抽检，某药材在药典上写的是圆形，结果在里面发现了几个斜片，就说性状不符，罚款。中药材想要挑刺，真是太容易了。药商不易，药农也不易。话说回来，严管的效果是明显的，现在的中药材越来越让人放心了。希望这方面的管理越来越完善。中药的质量，应从源头抓起，日本和韩国有很多地方值得我们学习。听一个文友说，她弟弟和韩国一家公司签订了种植中药材的合同，韩国人和日本人一样，做事很认真。种植前，先检测土壤的成分。土壤合格才让种植，在种植的过程中，随时监查。其实我国每年在中药材种植上都投入了很多扶持资金，只是这些资金有没有用到实处，能否有效促进行业发展，也需要检验和衡量。该用什么样的方式去扶持中药材种植，才能真正起到作用，这是个值得深思的问题。前途是光明的，道路是曲折的。

四、亳州人不薄

我在亳州生活十七年了，亳州的变化真的是很大，方方面面都在一点一点地变好。最后来说一个亳州人的可爱之处，亳州人喜欢说“别给了”，在亳州买东西，哪怕双方是陌生人，有时卖东西的也会客气地说：“唉，别给了。”初来亳州时，第一次听到卖东西的人说“别给了”，当时我就一愣，心想，我又不认识她，她为什么不收钱呢？后来才知道，那是亳州人的客套。谯城厚道，亳州不薄。

作者简介

王小玲，笔名阿辞，江西九江人，现居安徽亳州，谯城区作协副主席。文章散见《故事会》《青年文摘》等刊物，多次获得过故事大赛金奖和一等奖等奖项，出版过《抬起头，世界很美》，有作品被拍成电视短剧。

在亳州的光阴里行走

文 / 王利雪

初夏，我在亳州，在一小段光阴里行走。行走是我与一座城市建立联系的最直接的方式。我一直认为只通过文字、图片或者视频来了解一座城市，终究隔了一点什么。如同享用一道大餐，唇角流汁的味蕾快感，只有吃的人才知道，无法真正言明。城市中那些生动的细节，属于一座城市独有的气息、声音、人情、温度，只有站在那里，才得以真实地触摸，可观、可听、可品，毕竟纸上得来终觉浅。所以我来亳州，一而再，再而三。光阴盛大、渺无止境，我似乎看见它在年轮里安静地行走。抵达这座城市时，我只能触摸到一小截光阴，与亳州漫长而厚重的历史相比，渺小得微不足道，于我，一个更加渺小的过客，一个试图用目光与脚步丈量一座城市的行者，仍有着用文字无法描述的意味，我长久地驻足沉默，我在行走中收获着心灵的平静与丰盈。

一

夜色降临，我在北关老街行走。在皖北地区，城市像风一样奔跑着发展，北关老街如此众多的街巷得以存留，让人惊叹而深感奢侈。我曾经在不同城市的同一个时间点行走，在一小段的交集中，用行走衡量想象与现实之间的距离。1972年卡尔维诺在《看不见的城市》一书中就流露出对城市同质化的担忧。几十年之后，我行走过的许多城市以及所谓的古镇古街，同样的商业化符号、同样的促销手段证实了他的担忧。如果千城一面，如果只是在不同时间、不同名字的熟悉中穿梭，行走又有什么意义可言。但亳州，它不同。我曾在白布大街、爬子巷、打铜巷有过长时间的停留，街巷里的老牙医守了几十年，种着一屋子花草；传了两三辈人的理发店墙上贴着八十年代的海报；年轻的父亲陪着小女儿下围棋，婆媳守着油锅炸焦叶子、麻花；他们卖铜关凉皮、卖牛肉馍、卖锅贴，卖手工自制的铁水桶铁锅，卖竹匾、竹拍子、竹馍筐。他们炒着亳州产的花生，制着自家祖传的酱菜，擀着面条，烤着香喷喷的锅盔。我去打铜巷里听打铜声，看铜匠一下一下地将一口铜锅打磨得锃亮，看他修锅底、换锅把，看墙上的照片、报纸承载着他一生的骄傲。夏侯巷、承德街、里仁街……每一个名字都带着历史的印迹，也并不会多受时光的优待。这里的人一样会面临生存的压力，会经历生老病死。所谓的烟火生活，所谓的慢，都是生活的真相。接近菜市场的一条老街有个小花园，轮胎、脸盆、菜坛、瓷瓶都成了花草的容器。我想所谓的亳味，就是北关老街的样子与味道，每一件商品或物品都融进了亳州人的感情、温度与气息。

北关老街里常常很静，古朴的小楼收拢着喧嚣、嘈杂，只余下明清老建筑在时间里的沉默。时间在行走，北关老街仿佛还活在过去的光阴里。

二

我住在亳州新城区，现代化城市所拥有的一切元素似乎都在这片古老的土地上铺展开，灯火无处不在，想去寻找或触摸茫茫的夜色几乎不可能。月是上弦，月华脉脉，苍穹幽蓝、深邃又渺无边际。云絮通透、随性而自由。有几处星光四散着，天色净得出奇。马路对面便是建安文化广场，时隔近两千年，亳州以建安文化广场与历史上的建安文学对接，以文化作为时光穿梭的桥梁。温暖的、微黄的上弦月仍悬在空中，高高地静观着这尘世的光景。灯火、音乐、舞蹈、高宅里的药膳，生生不息，现世安稳而美好。建安文化广场与居于广场一角的之意书社，一同成为亳州的新文化符号。夜深了，还有不少人在书社二楼的沙发上静静看书，这是一个书店留给读者的时间，也是一座城市留给读书人的空间。书店是一个城市的窗口，我想我读懂了这扇窗。我知道我微薄的语言无以承载一段厚重的历史，也无须赘述人们所熟悉的故事。此刻，我只忠于我最真实的情绪，坐在曹操的故乡怀想曹操及一个文学时代。记得那天午后，我行走在建安文学馆，除了有形的文字、图片、塑像，还有饱含深情的吟诵，足以让我的怀想有安放的空间。文学馆里的历史介绍、曹氏父子以及建安七子的诗词，唤醒了我曾经的阅读记忆，悲与喜同在。我在行走中与一些文字重逢，“太祖御军三十余年，手不舍书。书则讲武策，夜则思经传。登高必赋，及造新诗，

被之管弦，皆成乐章。”刀光剑影，阴谋纷争，马蹄声碎，喇叭声咽，那段光阴里难有安稳。曹操凭借谋略与勇气，权势渐大，欲望日增，唯独不忘书、不舍书。他登高必赋，常造新诗。他心胸狭窄误杀华佗，我却对他恨不起来。有其父必有其子，也才有享誉后世的建安文学。刘备不爱书，只有一个扶不起的阿斗。只有文字能够穿越时空，证明生命曾经到场。曹氏三父子用文字证明自己，也为自己留名。月光下，曹操对酒当歌，叹人生几何，譬如朝露，去日苦多。我听见他充满酒意的声音渐低渐哑。而今斯人已逝，转眼已近两千年。疼痛在我心里翻转，不可断绝。我知道立于建安广场，以脚下的土地来遐想头顶的天空，这种念头是狭隘的。如若回到白布大街的入口，我看见的当是身着黄衫、高束发髻、眼神忧郁的华佗，那如水的月华当是神医的光芒，那环绕的星辰是在中医行业有所建树的陶弘景、皇甫谧、葛洪等人，而那浩渺的星空，是博大精深的中医文化。我的联想仍是狭隘的。立足于亳州大地，道家文化的发源地，支撑起中国生命哲学的天空，那无边的月辉当是道家的文化之光，日与月的变换是老子与庄子，庄子在夜晚守护着心灵的月亮，带我们入梦。他让我们抖落身体沉重的负荷，变得轻盈，生出巨翅飞向南海，或者化为更加轻盈的蝴蝶飞入芍药花丛中。时间长有利齿，能化神奇为腐朽。你看，古时城池固若金汤，能够抵御外敌，如今几乎无处可觅。时间的利齿又磨去杂质存留精华，将一柄道家文化的宝剑打磨得熠熠生辉。

三

初夏，华祖庵的药圃、城市的角角落落、郊外的土地上，芍药花正在退场。走过木兰桥、木兰路，走过铺满初夏阳光的小道，你会和我一样跌落在最后一片花期较晚的花海深处。我去的仅是获得过吉尼斯世界纪录的那片芍药花海的一角，且错过了它们最美的花期。花枝稀疏，绿肥红瘦，枝头孤单的红芍仍在展现生命极致的绽放。一阵风袭来，依然丰润、新鲜的花瓣被风裹着，从枝头整体跃下，毫不犹豫。没有凋零与衰老，没有枝头抱香的留恋，遵从与时间的约定。我依稀听见它们在说：明年早一点来看我。绿叶间，成千上万枝芍药花结束了绽放，结束了花的生命形态；在黑暗处，它们的根继续纵深行走。从此它们一心一意地做一味药。而我的思绪却经常在一个问题上停留：有没有人曾为芍药画过行走的路线？在时间和空间里，在芍药与人相融的身体里。芍药的生命线从什么时候落笔，开始与亳州的光阴有了交集或平行。史书记载魏晋时亳州白芍闻名于世，清末达到极盛。芍药以花的生命形态与人的眼睛、鼻子撞出甜蜜与幸福的火花。通过口腔，芍药的根以另一种生命形态，以“扩张血管、养血止痛”等功能进入肠胃、血液，伴随着生命每一次有力的脉动。它在身体内的行走路线，已与每一条细小的血管重合，与生命相融。在更远的空间里，一株芍药离开亳州，越过高山河流，走向未知的城市。一株芍药，最远抵达哪里，芍药的家族，分散在怎样的城市里，彼此思念？我想象着自己坐在桌前，在地球仪上用指尖寻找并描述出那些路线。没有什么能阻挡住一株芍药的脚步，它将伴随着中华民族的中药理念，行走在世界的每一个角落。它们有一个永远的名字——亳芍。一同行走于世界的，还有亳菊、亳花粉、亳桑皮……行走药都，我方明白药在这所城市已无处不在。酒，疗治心

病与疲惫；美食，填补饥饿与空虚；五禽戏，一招一式间大汗淋漓，锤炼着亳州人的筋骨…… 我只是亳州的过客，我有限的行走也只触及亳州身体里极微小的一部分。北关老街慢，芍香药膳暖，地下兵道幽深，道家文化深邃，古井贡酒醇，每一种亳味都只是浅尝而已，牛肉馍于我还只是个传说，所以我还会继续在亳州的光阴里行走。可是我常常忘记我只是路过，或许我早已把自己当作了归人。

作者简介

王利雪，安徽省作协会员，安徽散文家协会会员，有诗歌、散文两百余篇（首）散见于《清明》《散文百家》《中国煤炭报》《中国旅游报》《安徽青年报》《西部散文选刊》等报刊。

行走涡河

文 / 常河

当刘备一次次像孤狼一样在中原大地漫无目的地逡巡，并且不得不怨妇一样念叨着“中山靖王刘胜之后汉景帝阁下玄孙”这样无法考证的帝王龙种旗号时，他沮丧地发现，偌大的中原，竟然没有他一块立锥之地，而且豪强们似乎没有谁在意他的“皇叔”身份，门阀世家的代表人物袁术的评价大约可以代表当时世家们较为一致的看法：“术生年以来，不闻天下有刘备。”

谁都无法相信，这个靠编草鞋谋生的汉子日后竟然成为一国之君。不怪他们眼力浅，实在是刘备除了长着一对硕大的耳垂外，没有任何逐鹿中原的资本。

只有一个人，在刘备最为灰心、最为落魄的时候，不但收留了他，而且不遗余力地向着世人推荐：“今天下英雄，唯使君与操耳。”

对的，他就是曹操，一位从涡河边走出来的政治家、文学家、军事家。

河面上，那一声历史深处的叹息。

要了解曹操的成功，就要看到他比同时代人更宽广的心胸；要认识曹操的胸怀，就必须了解养育他的那一条河流，以及河水滋润的那一方水土。

在中国，一条河在流淌的过程中，就会形成一种文化，尤其在农耕时代，河一定是文明的源头。河床的形状决定着文明的气质，河水的流向左右着文明的归宿。正因如此，无论从风骨上，还是从文化的外衣上，黄河流域和长江流域的文化气质迥异，风骨各存。但恰是这种差异，才让中国的文化缤纷多彩，内涵极其丰富。

当年，年幼的曹操在涡河边游戏的时候，他肯定想不到，若干年后，那里的风俗和人情会被他植入一种文学流派，后人称之为“建安文学”。

至今，在涡河南岸，一座叫作亳州的城市，还留有据说是曹操当年活动之地的地名，运兵道、拦马墙、饮马坑、八角台，甚至还有条街道叫作“斗武营”，顾名思义，当与曹操的军事活动有关。而在今日亳州市内，还有东西两座观稼台，据说，是曹操在家乡推行屯田制时所建，而屯田，是曹操得以积蓄力量，从而西征南讨的资本。选择亳州作为屯田基地，不仅因为亳州是他的故乡，更因为亳州丰饶的物产和膏腴的土地，还因为家乡的涡河可以让他卸下征伐的劳累，为他治愈杀伐的伤痕，重新燃起“周公吐哺，天下归心”的壮志。

那些苗青麦黄的日子，微风习习，曹操立于家乡的高台之上，目光所及，阡陌纵横，一望无际，他的身边，站着荀彧、许攸、郭嘉等当世才俊，还有许褚、典韦等骁勇战将……那时，他一定是想吟诗的。

何况，他的诗原本就不坏。

引发他诗兴的，是涡河——淮河重要的支流。这条河不但滋养了曹操这样雄才大略、文武兼备的一代枭雄，还孕育过老子、庄子等大智先哲。

涡河发源于河南省尉氏县，东南流经开封、通许、扶沟、太康、鹿邑和安徽省亳州、涡阳、蒙城，于怀远县城附近注入淮河。全长 380 千米，流域面积 1.59 万平方千米。涡河历来是豫、皖间水运要道。历史上屡受黄河决口泛滥之害。支流惠济河口以下的中下游河槽，原本宽深，排水能力较好，有“水不逾涡”之说。

至于涡河名称的由来，至今仍然是一桩悬案。流传于民间的传说有两个，一说是为纪念大禹治水时曾用一口大锅镇住了兴风作浪的恶龙，取“锅”的谐音，所以叫涡河（也有说谐音源于老子用炼丹锅镇水防止河水泛滥）；另一说谐音取自“过”，东夷寒浞的两个儿子有过氏、有戈氏部落霸河灭夏，此河被后人称为“过河”或“戈河”。

北魏时期，郦道元曾实地考察过涡水，他把涡河流经古谯县（今亳州）时的河面称为“曲涡”。这个说法，应当比较切近。据说，3600 多年前，商朝的开国君王成汤，正是看到了涡河蜿蜒的形态，才决定把都城建在涡河的北岸，并且在死后葬在了亳州。

“狐死归首丘，故乡安可忘。”至死，曹操都没有忘记故乡，没有忘记那条养成了他气质的母亲河。

公元 210 年、214 年、217 年，曹操以汉丞相身份颁布三道求贤令，提出了“唯才是举”的主张。这是对此前重出身的官吏选拔制度的一次革命。这样的改革某种程度上与他的

隐痛——出身有关。他的父亲曹嵩是宦官曹腾的养子，这个“宦官之后”的名声让曹操不仅在当时，也在历史上灰头土脸。当时最有代表性、也是对曹操伤害最大的说法是，“操虽托名汉相，其实汉贼也。”

陈寅恪在分析曹操时说：“盖孟德出身阉宦家庭，而阉宦之人，在儒家经典教义中不能取有政治上之地位。若不对此不两立之教义，摧陷廓清之，则本身无以立足，更无从与士大夫阶级之袁氏等相竞争也。”这话有一定的道理，但如果仅仅把曹操的人才观归结于对出身的“漂白”，显然还是看低了曹操。

只想问陈先生，还记得官渡之战后，曹操当众烧掉的厚厚一摞书简吗？那可是曹操手下人与袁绍暗通的证明。

当年，陈琳替袁绍卖命时，曾起草一篇讨伐曹操的檄文，文中把老曹家祖宗十八代一网打尽，据说曹操读后都冷汗淋淋。但在俘虏了陈琳后，只是轻描淡写地说一句：“你小子骂我也就罢了，凭啥把我先人也牵扯进去。”结果，陈琳还在曹操手下继续从事秘书工作，而且名列“建安七子”之一。

还是陈寿的理解更为靠谱，“爱其才而不咎”，因为曹操乃“非常之人，超世之杰”。

这个非常之人无论文治，还是武功，在漫长的中国历史上都罕有人能与之匹敌。政治和军事上，南征北战，险些自建了一个朝代，帐下将星云集、谋士如云；文学艺术上不但自己留下了很多经典作品，还以其对文人的包容和建设性意见，开启了建安文学；甚至他的书法作品，也被当时的专家赞誉为“笔墨雄浑，雄逸绝伦”。今天在亳州曹操地下运兵道出口处，还能见到据说是曹操手书的“衮雪”二字。

甚至有人说，中国历史上有两个全才，一个是苏轼，另一个是曹操。

但历史对曹操显然是不公平的。京剧舞台上，曹操至今还是“白脸奸雄”的形象，究其原因，一是魏晋时期有一帮专门臧否人物的清流文士，他们对人物的评价往往成为定论。以知人著称的许劭对曹操“君清平之奸贼，乱世之英雄”的相面词，遂成曹操挥之不去的影子；更主要的是，曹操虽然没有取汉天子而代之，但他的儿子曹丕成了魏文帝，人们总是把僭越的罪名归咎于曹操，正所谓“我不杀伯仁，伯仁因我而死”。

对此，曹操是心有不甘的，他自己曾有过感慨，“若天命在吾，吾愿为周文王可矣。”或许，他对后世的差评是有预知的。但他终究没有成为周文王，否则，一旦成了开国皇帝，且把天下的基业传递下去，历史当是另一种写法。譬如同属淮河流域老乡的刘邦，虽出身流氓，却成为史官笔下开创万世基业的汉高祖。

曹操毕竟不是刘邦，虽有南征北伐之功，虽贵为九锡之爵，但他仍孜孜勤勉地安坐丞相之位。骨子里，他还保有涡河赐予他的朴实和本分，浪漫和豪迈只不过他是带着内伤的高调——有所为，有所不为。

作者简介

常河，光明日报安徽记者站站长。安徽大学兼职教授、安徽师范大学新闻学院硕士生导师，作家，高级编辑。曾出版《四十一阵疯》《最美的传奇》《现代大学校长文丛·蒋梦麟卷》《一脚乡村一脚城》等多部著作。

华夏文明的根在涡河

文 / 常河

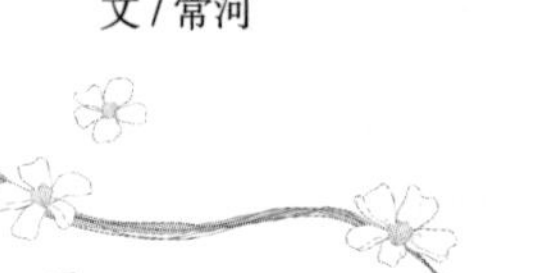

涡河流域发现的历史文化遗迹表明，这里处于夏商周主要文明起源的核心地区，这一地带，正是华夏文明的发源地，涡河沿岸汇集了大汶口文化、仰韶文化、龙山文化、商周文化等不同时期的文化遗迹。甚至可以说，沿着涡河一路行走，就是从历史深处开始的一次旅程。

鲁迅先生在谈到道教的意义时说，“中国根柢全在道教”，而道教的“根柢”恰恰全在涡河。

沿着涡河向东，向着历史溯源，东方哲学的曙光氤氲在涡河上空——公元前 571 年，李耳诞生于涡河中上游的苦县，也就是今天的涡阳县，他就是著有有“东方圣经”之称的《道德经》的老子，道教的开山鼻祖；公元前 369 年，在涡河下游，今天的蒙城县，哲学的光芒再一次冲天而起，伴着逍遥的梦蝶，庄周翩然而至。至此，中国传统文化完成了积累的过程，开始在中华大地上生根发芽。

在涡河流经的地方，至今还留存有三座道德宫，分别是河南鹿邑的道德西宫、亳州市的道德中宫和涡阳县的道德西宫，三地的文化人士都言之凿凿地宣称自己所在的地方才是当年老子的出生地，并为此争论不休。但放在中国文化的巨大坐标中考量，这样的争夺甚至恶语相向毫无意义，而且有违道教宗义。在争与不争、为与不为之间，其实只有薄薄的一张纸，正放是纸，反过来还是纸，但正面和反面，却有着天壤之别。

事实上，按照司马迁的说法，老子不过是个图书馆的工作人员，在他成为后人敬仰的偶像、出走函谷关之前，籍籍无名，是不可能有所谓的修道场所的。庄子在写作《秋水》《逍遥游》，并通过这些写意性的文字诗化出自己的思想时，不过是个乡镇干部。我们总是把自己想象出的光环加在偶像头顶，却时时忽视身边普通的生民——谁能辨识出最普通的那个或许就是万人敬仰的大师呢？

只不过是因为函谷关令尹喜的邀请，老子才在那里开设讲经坛，布道讲经。在辞别尹喜时，他留下了一份礼物，5000字的《道德经》。就是这区区的5000字，遂成为世界上一门玄之又玄的哲学源头，连尼采都由衷地称之为“一口不枯竭的井泉，深载宝藏”。在世界哲学史上，这应该是字数最少的思想文本，至于为何如此简约，老子自己含蓄地解释为“天地之间，其犹橐籥乎？……多言数穷，不如守中”。意思是说，宇宙就像一个大的风箱，拉动的时候越费劲，产生的风能越大。就像人说话一样，话越多，越容易招致损耗和麻烦，即言多必失。

这种类似偈语的说话方式和所包含的内容，只有长期生活在水边，并且对水有着彻悟的智者才能说出。彻悟，才能

“知常曰明。不知常，妄作凶”。

这水，无疑就是涡河。因此，说华夏文明的根在涡河，实不为过。知水，才能知变，所谓“上善若水，水利万物而不争。”曲涡无形的涡河，投射到老子博大的内心，留下的就是明镜一样的透彻。

唯知守中，后来同样在涡河边长大的曹操，在阴霾重重的汉末，扫清了山岚雾瘴之后，非常纠结地选择了“处下”，把任人评说的权力撒了出去。

幸也，曹操！悲也，曹操！

老子只是一个思想者，在被李唐王朝认为先祖，追封为道德混元皇帝后，成为中国人思想上的帝王。老子的思想就像这泱泱涡河之水，滋养着中国人的心田。

与老子生活地相隔短短几十公里的涡河下游，庄子则选择了比老子潇洒得多的生活方式：读书、漫游、观察、遐想，追求“至人无己”的自由境界。如果说老子的思想是个半圆，那么，庄子则用汪洋恣肆的想象把它拓展为一个完整的圆，而且为质而无文的《道德经》插上了华丽的浪漫翅膀。“天人合一”和“清静无为”两杆旗帜，表明一种思想的升华。他的《庄子》和《周易》《老子》被后世并称为“三玄”。鲁迅说：“其文则汪洋辟阖，仪态万方，晚周诸子之作，莫能先也。”

《庄子·秋水》中，楚国的两位大夫看到的庄子垂钓的河，就是涡河，甚至在他婉拒出山之邀时使用的比喻，依然是眼前波光粼粼的涡河之水。

去年夏天，我回到在涡河边的老家看望父母。正值汛期，眼前却看不到儿时的盈盈水波，各种生活垃圾堆满河道，又细又小、黝黑污浊的涡河在五彩斑斓的塑料袋中间艰难地蠕动。河边曾经蓊郁的杨柳也没了踪影，河岸一览无余，没有了蝉噪鸟鸣，更消失了曾经此起彼伏的捣衣声声——我知道，这已经不是我的涡河了。

假如，当年的老庄生活在这样的河边，一定挥洒不出雄浑飞跃的诗化文字，更孕育不出大道无形的哲学思想，甚至会像孔子那样掩鼻而走，急急如丧家之犬。

历来，水，土，人，就是一体。

当归隐成为一种抗议

文 / 常河

曾经的涡河天空，星光璀璨。伊尹、张良、刘伶、嵇康，都曾在这个舞台上表演，又在历史的风雨中退场谢幕。最完美的谢幕，来自范蠡，最凄美的返场，却来自嵇康。

据《安徽通志》记载："越大夫范蠡墓在涡阳东南范蠡村"。当地的地方志告诉我们：在涡河南岸 15 千米处，曾被湖水三面环绕，范蠡墓浮在其间。墓上建有庙宇，庙内塑有西施像，庙宇四周松柏密林覆罩，壮观异常。史载：越国大夫范蠡，助越灭吴后，功成身退，与西施一起游齐、鲁，后经商，晚年定居于此。据传范蠡、西施死后就合葬在西子河畔，也就是今天的范蠡墓。

也有的历史书则比较含混地说，范蠡后来携西施泛舟江湖，不知所踪。

我在涡阳生活到初中毕业，现在依然经常回老家。但是令我极为不解的是，地方志上言之凿凿提到的三面湖水、庙宇、塑像，很少听家乡人提及。而全国至少有三个省份都拿出证据，试图证明范蠡墓在他们的辖区。

或许是沧海桑田，或许是物是人非，在历史奔涌的潮流面前，这些纷争一点都不重要。但有一点似乎是可以肯定的，范蠡在帮助勾践复国后的确选择了归隐。能够做到那么长时间卧薪尝胆的人，一定是有些阴鸷甚至偏执的狠角色。这样的人，可以共患难，难以共富贵。有着商人头脑的范蠡对此洞若观火。飞鸟尽，良弓藏，范蠡是知道何者可为，何者不可为的。老子说："为无为，则无不治。"老子的思想，拿来治国，则可以帮助勾践咸鱼翻身；用来经商，则可以富可敌国；用以修身，则谦下示弱而保全。归隐，不但是范蠡安身立命的良方，也是他无声的抗议。

老子是喝着涡河水长大的，也正是涡河水启迪了他的智慧，化育了他的性格。老子说"上善若水"，直指人性中至高至善的一面：就是要像水一样，乐于奉献，不争名利，忍辱负重，并将它作为道的象征，完善的人格应该具有水的品格。

对于涡河来说，范蠡充其量只是个过客。而真正把老子的思想化入血液中的，是嵇康。公元 262 年，夏天，晌午，西晋都城洛阳。高高的行刑台上，一个衣衫飘飘，身材修长，面容俊雅的男子仰天看着太阳，面无表情，"岩岩若孤松之独立"。台下，三千名年轻的太学生齐齐地跪着，要求赦免即将被斩首的人，周围是成千上万面色悲戚的平民，他们，是来为他送行的。

男子转过身来，平静地对行刑官说："还不到时间，把我的琴拿来。"高台上，男子细长的指尖滑过琴弦，立刻"风停云滞，人鬼俱寂"，挟裹着浩然不屈的曲调，仿佛"天籁回荡于苍天，仙乐袅袅如行云流水，琴声铮铮有铁戈之声"。

一曲弹罢，台下的人无不双泪长流，更有低低的啜泣声传来。

男子长叹一声：“以前，袁孝尼想学这个曲子，我不愿意教他。从今往后，这首《广陵散》人们再也听不到了。”39 岁的男子说完后，“慷慨赴死”。

这个男子叫嵇康，因为“非汤武而薄周孔，越名教而任自然”被判死刑。死后，嵇康归葬老家涡阳。据说，嵇康墓在今天的涡阳县城北 30 千米嵇山南麓。

宗白华先生说：汉末魏晋六朝是中国政治上最混乱、社会上最苦痛的时代，然而却是精神上极自由、极解放，最富于智慧、最浓于热情的一个时代，因此，也是最富有艺术精神的时代。在那样的时代，放浪形骸是最好的归隐，换一种活法，或许就是锥处囊中，可能伤人，也可能伤己。

好在涡河边自古盛产美酒，和竹林七贤其他人一样，嵇康一定也是嗜酒的，否则，乱象进入他澄澈的视野，是比引颈就戮更痛苦的折磨。每一次牛车吱吱呀呀地把酒从那个小镇拉过来，他的小童就会准时出现在曲尺形的柜台前，用硕大的葫芦给主人打来满满当当的鲜酒。酒酣耳热之际，弹琴、读书、谈玄、寄情山水，对嵇康是最好的解脱，当穷也不能独善其身的时候，麻醉就是达——通达、豁达、畅达。

更多的时候，嵇康会在涡河边的一棵大树下支起熊熊的火炉，有模有样地打铁。他苍白的脸庞被炉火映得发着黑红的光泽，铁锤在砧铁上发出叮叮当当的响声，至于打出的铁器样式，他一点都不关心。在他的心里，锻造的是一支只属于他自己的曲子。若干年后，神情自若的他盘膝端坐在行刑架下，手指翻飞，最后一次将《广陵散》的音符留给那个乱世。

此后，涡河岸边再没有这样令人回肠荡气的大师出现，随着中国文化的南移和交融，地理上属于黄河流域的涡河趋于沉寂……

如今，行走于涡河，满目荒凉。风流已去，物华失色。文气、侠气、儒雅之气像正在消失的炊烟一样归于历史深处。甚至，某些风清月华的黄昏，还能听到曹操“狐死归首丘，故乡安可忘”的吟哦。

偶一翻书，这条河还在。河，是否也可以选择归隐?

我与亳州的传奇

文 / 苗秀侠

高德地图告诉我，我的故乡苗老集和亳州城之间的距离是 63 千米，开车走高速不到一个小时。哪一种情意，比得上思念故乡？哪一种念想，是真正的朝思暮想？没错，我就是那个把亳州当作故乡的苗老集痴情人。无论是大阜阳时代，还是阜阳亳州各自有行政区域时，自我少时北望亳州这座充满传奇的城池伊始，已命中注定我跟她的缘分，并且此情此意，今生不可更改。我这坛从故乡泼出去的水，尽管山南水北绕了一圈，当站在大亳州的土地上时，依然心潮澎湃。

一、少年的忧伤

最初知道亳州，是从母亲唱的戏文里获得的，那时候亳州叫亳县。学龄前，趴在小板凳上捏泥碗碗，听妈妈小声唱河南豫剧，其中几句听得我耳熟能详了："花木兰羞答答施礼拜上，尊一声贺元帅细听端详，阵前的花木棣就是末将，我原名叫花木兰是个女郎……"见母亲唱得情真意切，眉眼里都是对花木兰的喜爱，“花木兰是谁?”我忍不住问道。“花木兰的家乡与我们离得不远，就在北边那一片。”母亲讲述着花木兰替父从军的故事，然后手朝北一指，“喏，花木兰的家，就是亳县那个地方。”原来，那个叫花木兰又叫花木棣，是个武功高强、女扮男装的武林高手，就是北边不远的亳县人哪！我从此便对亳县有了遐想。小孩子的遐想抻不远，简单在脑子里过一过，又站在村子北边的一只石磙上北望一番，仿佛看到穿战袍、握银枪的女子，骑着高头大马，顺着麦田地垄跃马扬鞭而来，甚至带来一阵呐喊声。这经验来自乡村舞台民间剧团演唱的武戏，演员们的穿着打扮、一招一式就是这种样子。那么，带兵打仗的花木兰，也一定是这种样子喽。后来的戏文里，我知道了白脸奸臣曹操，会治百病的神医华佗都是亳县人。我对亳县的神往，已经到了痴迷的地步，而她却远在天边之外。是的，小时候对方位没有具体概念，生于大平原的人，抬头看到的是一片高天，顺着田野朝远方看，天地相连处，就是天的尽头了。在天的尽头看不到的地方，就是天边之外了。向往天边之外的世界而不得，会有忧伤，因此，北望亳县成了我少时唯一的忧伤。这份忧伤止于14岁。

二、第一次私游

14岁的暑假，与同学相约去远点的地方玩玩，就去了关集看茨河闸。对着滔滔茨河水唱歌跳舞，又沿着河堤的杨树林子疯跑尖叫，欢乐一整天仍觉不过瘾。“我们可以去亳县！”我的提议让同学兴奋，她立刻点头同意。在学校，我们两个最铁（方言，关系密切），一起跟男生打架，一起写小说，一起散步谈理想，还各自取了笔名。那时候，《清明》《小说月

报》已经有了，我们成绩好，可以很自信地向老师借杂志看。就这样，我和同学成功策划了亳县之旅。之所以敢去一个陌生地方玩，底气就是同学的表叔就在亳县工作。说起来很低智，但仍把各自的父母骗住了。我跟父母说去同学家玩三天，同学的版本跟我如出一辙。两个少女就这样开始了人生的第一次私游。那时候没电话，没微信，相隔七八里路的村庄，可以玩三十六计里的瞒天过海。一大早出发，先从苗老集坐汽车，朝西走 35 千米，再在三角元转车去亳县。到亳县县城时，天黑透了。一直难忘在陌生县城汽车站猛不丁出站的感觉：浓厚的陌生感，仿佛一张黑毯，呼啦一下将人裹严。一路说笑此刻息声，不敢兴奋，两个小孩努力装出胆大妄为的样子，却最终乖乖地快速钻进站东小旅馆。那时候不流行研学活动，旅馆老板娘见到两个背黄书包的小姑娘端出应有的担心，她长得慈眉善目，问道，同学是走亲戚吗？立刻点头，眼泪几乎要掉出来。晚饭也不敢出去吃，我们就那样团在床上，紧张到天亮。天亮的好处是肥人胆。亳县县城处处阳光，树叶清亮，蝉声悠扬。两人饱餐一顿麻糊汤、油炸馍，立马来了精神，为昨晚的委顿胆小羞愧不已。既来之，则安之，一定完成亳县的首游。亳县既然做过都城，肯定有与众不同之处。果然，老石板街漂亮至极，厚实光亮的石板我们平生第一次见，两人蹲下身，用手摸石板，尽管是暑天，仍觉石板透着沁心凉意。还有街两边的老房子，虽非高楼大厦（那个年代高楼不多），却古色古香，有着不怒自威的风姿。那时候年少，尚不懂这种风姿就是帝都的文化气场。当然，除了老房子，亳县的新街道和别的县城没有大区别。我们一边在街上走，一边东张西望，问了许多人，终于找到同学表叔工作的大院，却不料，表叔升了职，到某镇当站长去了。因为找不着表叔，没有依靠，胆子再次变小，一番商量后，两人决定匆忙结束亳县之旅。现在想来，亳州的首游，尽管没有见到和花木兰有关的影儿，却成就了一篇像模像样的小说。题材是从黑白电影里高仿来的：送鸡毛信，接头暗号，游击队长留着大胡子（同学所说的表叔模样）。送信途中，惊险连连，遇见鬼子的巡逻队，在小旅馆避险……那篇小说有一万字，真实可读，先是在班里被同学传看，又被隔壁班同学借去翻阅。首游亳县成就了我与此城的传奇，也开启了我的写作之旅。如果说此生与文学结缘，和早期的亳州之旅，和亳州文气的滋养，不无关系。

三、自家屋下的地下铁

亳州的文化名胜举不胜举，单说曹操修建的地下运兵道，就是世界奇迹。同行的钱红丽老师说这是曹操的地下铁，真是比喻得形象至极。这条地下铁 20 年前我已经游览，那时候要原生态一些，地道里潮湿，时有渗水，狭小处须弯腰侧身方能通过。或许考虑到游人的安全和视觉效果，运兵道的进出口都做了修缮和美化，地道的灯饰也装点得迷宫般如梦似幻，特别是进口融入的建安文化元素，使地下运兵道多了一种文化的气息。结束了白天的游览已近傍晚，我心中有一个呼唤，要给自己再制造一次私游亳州的机会。我要去老街，看年少时走过的那些路，还要去看一位老人。当地朋友带着我，先去了北关老街区。我说起少年时的私游，那时走在老街上，有座大房子门口有拴马的铁环，我曾抓着铁环玩了许久，不知是哪一条街。朋友在亳州城长大，对每条街，每个

年代的传奇都了如指掌。她断定，那一定是咸宁街。我们立即朝咸宁街走。果真，我当年见到的就是这座高门大户，原来是清代建筑——糖业会馆，又称金陵会所。现如今，会所修葺一新，门口威武的石狮子、门两边墙上闪闪放光的拴马圆形铁环一如当年。按照现在的说法，这铁环就是停车位。忍不住抓住铁环，背靠高墙，仰望苍天。听到跑走的时光轰隆有声，逆袭而来，跟小苗在咸宁街劈面相逢。老街也一定惊诧不已，当年私游亳县的无知少女，已成玉润珠圆的中年大妈。在白布大街，我终于见到了那位老人，他在临街的店铺守候着“非遗”糕点“一闻香”，又把护着后院的地道。难以想象，每天都能坐在自家后院，对着地道品味云谲波诡的沧桑历史，是一种多么畅快奢侈的人生体味啊。老人正在店铺里忙活。陪同的朋友说明来意，老人爽快答应下来。穿过长长的院落，经过一蓬盛开的金银花丛，到达后面的一处房子。房子的下面，就是地道的进出口。老人推上电闸，洞口内外立刻一片通明。阶梯很窄，小心翼翼朝下走，一股历史的烟尘味扑面而来。地道里却别有洞天，比曹操的运兵道建得更加实用。不但有行走的主道，还有休闲的客厅和专门放钱柜的洞穴。据说，这是几家银行联合开发，专门藏放金银财宝的地方，真是货真价实的“地下钱庄”啊。兵荒马乱之年，带着足够的钱，躲避在地下，有吃有喝，还能在地下客厅里喝茶聊天，倒也有几分乱世里的惬意。因为保留着原貌，地道里积水较多，有些地方人还不能过去，只得远远望着那一条条深不可测的地道，想象着发生在地下的故事。这“地下钱庄”地道是和曹操的地下运兵道相通的，如果在地道里待不下去了，可以带着财宝，顺着运兵道直接跑到城外。想当年，挖掘地道的人，一定知道地下还有个运兵道，但人家为了保住钱财，严守秘密，以致曹操的地下铁在若干年后才得以现世。在“地下钱庄”的地道里走上一会儿，带着深深的喟叹上到地面时，我感觉离亳州这座历史文化名城的传奇又近了一步，临别时，买了老人制作的“一闻香”。真心羡慕这位有手艺，还有私家地道的老人。生活在亳州城的这位老人，他的日子才叫富足，才叫传奇！

四、花木兰的花海

终于，在去花海大世界赏花时，活动主题“木兰故里春风行”彰显出来。道路标牌上写着“木兰路”，清悠悠的沟渠叫作“木兰沟”，可见，花木兰的元素无处不在。木兰沟和花木兰有关系吗？山东蓬莱有个村庄叫木兰沟，怎么这个沟也叫木兰沟？喜欢找传奇听故事的我，来个打破砂锅问到底。陪同赏花的当地村干部马上当起了解说员，很快给我补了一课：这条木兰沟，在1958年开挖，是众多未出阁的姑娘用两个月时间圆满完成的水利大工程，她们轮番上阵，香汗挥洒，发扬的就是花木兰不怕吃苦、勇往直前的精神。沟渠挖好后，就取名叫木兰沟。在走近花海的一瞬，我毫不犹豫地把四季花海命名为“花木兰的花海”。想必木兰姐姐也是这么想的。她不仅羞答答地承认自己女扮男装替父从军、金戈铁马，换下战时袍，穿上女儿装，更当窗理云鬓，对镜贴花黄，可见也是个爱美女子。面对万亩大花海，木兰姐姐一定于低眉浅笑之间，顺手拈来一朵芍药花别在发髻之上，对镜顾盼生辉呢。

花海的主角是芍药花，兼有蓝香芥、虞美人，真是姹紫

嫣红一片。行在花丛之中，不时被花朵扯了裙，绊了脚，熏了手，香了腮。畅游花海的美女们个个如花似玉，扑入花海，便似花儿朵朵。或看花闻香，或拈花含笑，或凝眸远眺，或低眉带羞，真的分不出哪是花儿，哪是美女，花海让人成了美丽的公主。万亩花海之壮观，让人如入仙境。桐城籍的清代诗人刘开，肯定对亳芍情有独钟，在道光元年被聘来亳州修邑志时，写下了“小黄城外芍药花，十里五里生朝霞，花前花后皆人家，家家种花如桑麻”的诗句，也足以说明亳州芍药花的栽种是多么普遍。亳州的好，亳州厚重的历史和文化底蕴，亳州的故事和传奇，让任何到过亳州的人都情难自抑，何况是把亳州当作故乡的小苗？一定是一腔痴情入梦，一定会一直演绎着与亳州的传奇。这是文脉的力量。亳州的文脉，必将接济每一个爱她的人。

作者简介

苗秀侠，中国作协会员，《清明》杂志副主编。代表作有：散文集《青春的行囊》，小说集《遍地庄稼》《迷惘的庄稼》及长篇小说《农民工》（合著）、《农民的眼睛》《皖北大地》等。曾荣获老舍散文奖、安徽省政府文学奖、北京文学奖、安徽省“五个一工程”奖等。

吉祥止止的亳州

文 / 许辉

每次到亳州，这座城市都会给我留下深刻的印象。记得许多年前到亳州做讲座，原定 9 点开讲，早晨 6 点不到我们即从合肥出发，没想到大雾弥漫，高速封闭，只好借国道、省道前往，到亳州已经将近下午两点了。到那儿发现，大家都还在会议室等着，令人感动！

亳州有美食，可谓美食无数。那次迟到，我由朋友带着，随意在街头小巷寻得一家牛肉汤馆，吃了一碗牛肉汤，外加两个油酥烧饼——那边会场在等着，这边美食诱人，却无法兼得，只好齿间留香，匆匆一过，决绝地推开碗盏，去赴精神飨宴。

我是淮北人，对亳州的美食由衷认同。亳州的油茶有点像宿州的麻糊汤，虽然风味有别，但都一样好喝。喝油茶或麻糊汤，要用一只手托住碗底端起来，嘴对着碗沿发出响亮的吸溜声，且顺着碗沿旋转一圈，那才叫纵情与快意。

还有一次到亳州，是妇联戴主席、报社刘总编和木兰文

化研究会范会长带我们吃饭。吃到一盘凉拌薄荷——这是亳州的清凉菜，也是我们以前从未吃过的。我们家楼上平台的园子里种着薄荷。薄荷生长迅速，一两年的工夫就蔓延得到处都是。园长觉得它无大用，就当野草都拔了去，却不知道它还有这般用处。这次到亳州，常文友又带大家去吃牛肉馍，也是上好的土食。南方的朋友觉得它口味重了些，但北方人的健实却都是如此滋养起来的。

亳州又是药都，这里有中国最大的中药材市场，是中国鲜见的规模巨大的中药材集散地，当地种植中药材的历史，也十分悠久和深入人心。

20 世纪 80 年代后期，我们到亳州采访中药材种植户。那时交通原始，从亳州城里下乡，得租一种当地叫“木的”的人力三轮车。木的老师在后面蹬，我是客人，坐在座位上，陪我的就坐在座位两边的车沿上；木的都是大红大黄的，一路出城过镇，观览着道路两边的乡村风光。什么叫兜风？那才叫真正的兜风。一路暖阳普照、春风浩荡，想不激动、不幸福都不行。

当天晚饭后我闲不住，又一个人在亳州城里叫了一辆木的兜风，一边坐在花花绿绿的木的上游览，一边和木的老师聊天。当地对成年男人都尊称老师。木的老师说他家少爷如何如何，当地把自家的儿子和别人家的儿子都称作少爷。走到一片河岸的僻静地，我说你天天蹬木的，可碰到过坏人什么的？他伸手从木的背后一个袋子里拿出一根硬木棍说：“要真碰上坏人抢俺，俺也没办法，那俺只能跟他拼了。”可见亳州当地的民风，也是刚硬的。

亳州更有老庄。老子和庄子都出生、成长在亳地的涡河流域，老子在前，庄子在后。两人都钟情于水，老子说“上善若水，水善利万物而不争”，这句话的意思是上善之人像水，因为水对万物都滋养，可水自己并不争功夺利，既然上善之人像水，那水就一定有上善的品质。

庄子的故事则经常发生在水边，庄子在水边和惠子玩“你不知我，我不知鱼”的文字游戏，最后庄子以偷换概念而获得胜利。庄子让人们懂得江河与大海的差别，让人们知道水井与大海的巨大不同；庄子经常在表达思想时用汲水机械来阐述，经常用河上的船打比方；庄子也经常用纵情快意、云游八极来“矮化”孔子，或者编造一些故事，让孔子说出庄子想说的话。

庄子让孔子在教育别人的时候说出“吉祥止止”这个组合词来，这个组合词是儒家不可能说出的词，因为这个词组描述的是道家天人交融的思想和境界。它的意思是，当我们宁静时吉祥善福就会降临：吉是吉祥的意思，祥有征兆、善、福的意思，第一个止是停止、停留，第二个止是助词，指喜庆。大气之人都有宁静之气概。

亳州也有宁静的气韵。这都是需要我们善对的。

作者简介

许辉，现任安徽省文联副主席，中国作家协会全国委员会委员，中国作家协会全国散文委员会委员，茅盾文学奖评委。曾率中国作家代表团访问日本、美国、加拿大，已出版文学专著几十种，作品获多种文学大奖，短篇小说《碑》曾是全国高考大试题、上海大学等高校研究生入学考试大试题，中篇小说《夏天的公事》等曾入选北京大学等高校教材，收入“中国新文学大系”等权威选本，并翻译成英、日等文字出版发行。

亳州戏

文 / 胡竹峰

车在亳州行走，倘或是春夏之际，窗外一路掠过的是水粉画，是清人的山水。北过淮河，大片的绿是麦地，油菜结荚了，青绿褪得浅了，入眼多了一些褐黄色。车在亳州行走，倘或是秋冬季，窗外一路掠过的是元人山水。元人的画，借山川、枯木、竹石，寄情抒志。浅绛和水墨，间或设色。浅绛烟云流润、高旷秀逸；水墨气势雄浑，萧散苍秀；枯笔苍浑浑厚，有萧瑟荒寒之感；湿笔蓊郁秀逸，俨然江南春色。

一

看亳州二夹弦的时候，脑海想起“前人风致”四字。也真是前人风致。《站花墙》的剧名更有风致，究竟何风致，只是好风致。《站花墙》是二夹弦传统剧目之一，又名《杨二舍化缘》《玉簪素珠记》。写的是兵部尚书王洪的女儿王美蓉，幼时许配杨二舍。后杨二舍父母双亡，投亲路上，仆人张宽起歹意，夺了他的衣物，冒名先进王府。待杨二舍赶到，岳父不认，只得在关王庙充当道童。一日，化缘路过王府花园，大骂王洪无义。王美蓉听到，上前在花墙下盘问，诉说前情，夫妻相认。美蓉折断金钗赠为表记，杨二舍亦回赠素珠，相约三更在花园会面。后来，王美蓉赠银助二舍进京赶考，果然得中，夫妻团聚。此剧以唱为主。在原大板、二板、三板及北词基础上，揉进“娃娃”“哭迷子”民间俗曲。轻柔甜润，相会一场，尤悱恻缠绵、绚丽多姿。前人赞叹，一句戏，百人迷。那一次，演王美蓉的女子并不年轻了，奇的是她扮相兀自秀丽俊美，端庄大方，唱腔刚柔相济，优美动听，吐字清晰、语调柔和。善于抒情，花腔委婉动听，越唱越紧，听得台下人心里软软的。

二

亳州戏有二：二夹弦与梆子。话说在亳州看梆子《盘肠战》，演的是罗通出战迎敌的故事。先击败了苏宝童，苏部将王不超用车轮战法，趁罗通不备以枪刺穿了他的腹部，肠子都流了出来。这故事我读得熟，《薛丁山征西》中有演义。罗通拔出腰刀，将旗角一幅割下，将流出五脏肝肠包好，盘在腰间。扎束停当后，带战马冲出阵前。王不超唬得魂不附体，呆若木鸡。罗通来得恶，把手中长枪向前心一刺。那王不超大叫一声“不好了！”仰面一跤，跌下马来。罗通跳下马来，割了首级，上马加鞭来到营中，献其首级，也一跤跌下马来，众将扶起。罗通大叫一声：“好痛呀！”一命归阴去了。古人对英豪的爱惜可见一斑。也是亳州的戏事，听一女子唱梆子。女子白衣红裙，身姿如一株杨、一杆柳，站在台前甫一开口，竟是“暴雨倾盆”，引亢如金戈之声。唱的是《铡美案》中《陈

驸马你休要性情急》一段："陈驸马休要性情急，听包拯我与你旧事重提。大比年陈驸马连科及第，咱二人同朝把君陪，我观你年过三十成新贵，曾问你原郡家中还有谁？一句话问得你面红耳赤无言对，我猜你家中一定有前妻。到如今她母子来找你，秦香莲就是你的结发妻，当面认下是正理，过往之事永不再提。"激情处惊雷滚滚，那声音如利剑快刀，高亢激越、痛快淋漓，从头顶径自削下来，一腔硬气皆化作了雷电，刚劲、豪爽、激愤，在白茫茫的天地间碰撞出热烈的火焰。

三

有些地方戏曲的声腔是高山流水巧遇知音。亳州梆子则近天籁，近自然，丝丝入扣，剥啄悠扬。亢奋的声浪里把粗糙的日子过出豪迈的风气。亳州梆子像豫剧，又略不同于豫剧，豫剧里用的是河南话，梆剧用的是皖北方言，吸收当地民歌和民间小调演变成的特色剧种。唱腔高亢激昂，粗犷豪放，感染力强，在表演程序上受京剧的影响较大。梆剧里不少传统剧目如《伍子胥》《赶秦山》《收秦山》《八宝珠》，很多都是武戏。清代人徐孝常为《梦中缘》传奇作序说，北京人听戏，喜欢的只有陕西梆子、啰腔、弋阳腔，梨园若上演昆曲，听众便哄然散去。到底一方人听一方戏。梆子鼓弦的声涛里，唱出刀来剑往的武气，唱出良辰吉日的喜气，唱出赶考京城的文气，唱出除暴安良的硬气。唱腔如此，配乐也就慷慨悲壮，有苍凉凄楚之风。梆子的锣鼓点如马蹄声，节奏鲜明，铿锵有力。亳州的饮食也是这样慷慨有燕赵气。早餐，食牛肉馍，大大的一块，像极了古时候的月亮。我总疑心古时候的月亮比现在大，挂在长城上，挂在枯树的枝头，挂在大漠边塞，也挂在寒窑破屋的房顶。牛肉馍实则是牛肉饼，做法如下：黄牛肉剁成肉泥，以粉丝、葱、姜及多味中药材配料拌匀。和面，面皮以香油掺水和之，绵软黏稠。面坨擀成薄片，卷入黄牛肉馅，放锅中，两面熥烤，转动炕熟，即成。炕得用炭火，旺火上盖一层炭灰，不露明火为宜。熟透的牛肉馍外壳金黄，油亮光润，入口酥脆，馅鲜嫩不油腻。梆子那样的声调需要牛肉馍来长力气。好文章要力气，好唱腔也要力气，好文章好唱腔之好在见气不见力。

四

旌旗风乱，走州过府。那些山川、河流、戈壁、荒漠、古道、城楼、关隘、小桥、人家……车轮滚滚，沟辙深深。那些勇丁，那些长刀、弓箭、粮草、兵马。那些攻掠，那些死守。风吹过，雨淋过，雪飘过，苍茫的北国大地上，呐喊厮杀，流一身热血，掂一把朴刀，拎一条性命，扑上前去……“将军百战死，壮士十年归。”这是《木兰辞》中的句子。亳州是花木兰的故乡。沈从文墓碑上有黄永玉题写的碑文：一个士兵要不战死沙场便是回到故乡。呼应的是《木兰辞》中的花木兰：“愿驰千里足，送儿还故乡。”《木兰辞》最让我回味的句子则是：“爷娘闻女来，出郭相扶将；阿姊闻妹来，当户理红妆；小弟闻姊来，磨刀霍霍向猪羊。”一场征战，爹娘老了，听说女儿回来了，互相搀扶着到城外迎接。姐姐听说妹妹回来了，对着门户梳妆打扮起来，弟弟听说姐姐回来了，忙着霍霍地磨刀杀猪宰羊。这是人伦之美也是人情之美。戏曲之美也正是美在人伦，美在人情。花木兰很疲倦。

一路舟车劳顿，家里来了很多人。他们注视着她，年老的，年轻的，陌生的，熟悉的，一道道目光热切。她在中间说话或讲战场的事，其实她想安静一会儿，想去睡一会儿。但此刻，她是看客的中心，她是听客的中心，必须滔滔不绝地说。她面对着满满一屋的听众，有一些还是从别的村庄里跑过来的。一众随从实在太累了，靠在墙角坐着。阳光照在他们身上，棉布的气息与阳光的气息融为一体，真舒服，一个兵丁不知不觉睡着了。晚饭时，一大桌子菜，爹娘愣愣不食，只顾着看花木兰。一口牛肉一口蔬菜，还是走时的味道。木兰的眼泪涌上来了。

五

生旦净末丑，相约花戏楼。这十个字有喜气，也有一种时过境迁的风平浪静。亳州的花戏楼好看，好看在精致的沧桑上。如果是冬天来看更好。有一年冬日来亳州，雪未化净，残雪铲起来堆在树下，有些与草木一起，残雪斑驳，草木枯黄，很应景也很般配。花戏楼的木雕也与亳州的气息相符，都是三国故事。面北的一大幅是“上方谷火烧司马懿”，面东的几幅木雕有“三气周瑜”“孟德献刀”“许褚大战马超”“祢衡击鼓骂曹操”，里层还有“蒋干盗书”“诸葛亮用计破羌兵”。我最喜欢中间上下场门“想当然”“莫须有”两块匾额。想当然与莫须有落脚处正在一个“戏”字上。蟒袍，玉带，朝服，凤冠，霞帔，台下的看客一身平静，恬淡地在花戏楼下看戏，看梆子戏。台上慢板、流水、二八、飞板、坠子唱腔翻转。板胡、筝、阮、梆子、笛子、三弦、扬琴、二胡齐鸣。板鼓、板、大锣、铙钹、手锣、小钹、碰钟、堂鼓、花盆鼓、唢呐高亢激昂透过花戏楼，传过古涡河。浪花淘尽英雄也淘尽芸芸众生。我对亳州所恋有四：梆子、二夹弦、牛肉馍、曹操运兵道。曹操运兵道在地底，曲折幽深，走入其中，迎面一股幽凉，是三国的幽凉，是青山依旧在、几度夕阳红的幽凉。本是普普通通的一条古地道，因为曹操运兵所用，迎面里恍恍惚惚有汉服古人的影子走来，那是曹操的身影、许褚的身影、张辽的身影，是夏侯渊、夏侯惇的身影。他们是我少年时的旧友——《三国演义》当年读得熟。一块块古砖，宽宽窄窄，触手凛冽如霜。

作者简介

胡竹峰，安徽省作协副主席，出版有《空杯集》《墨团花册：胡竹峰散文自选集》《衣饭书》《豆绿与美人霁》《旧味：中国古代饮食小札》《不知味集》《民国的腔调》《闲饮茶》《中国文章》等散文随笔集，获得人民文学散文奖、滇池文学奖、林语堂散文奖、孙犁散文奖双年奖、草原文学奖等多种文学奖项。有部分作品被翻译成日语、英语、俄语、意大利语等对外交流。

涡河里的一尾鱼儿（外六首）

文 / 程潇

涡河里的一尾鱼儿

薄雾轻灵，萍藻曲转
它是神秘的，亦是从容的
天地祥和，散缀金光它早已习惯了
千年的流水……
敛息。它，眼眸微闭
无有来去，遁隐于虚空

够美了

青青田陌，就够美了
何况还怒放着万亩的芍花
何况还翻飞着万叶的蝶影
花有万亩，我只折一枝

蝶有万叶，我随其婆娑
芍花，如果落了
一定是木兰的铿锵之声
蝴蝶，如果落了
还有梦醒的庄周

运兵道怀古

此处，由不得徘徊
将令已下，必须握紧手中的短戈和利刃讨伐，征战
壁上的灯龛
如百姓的疾苦般暗淡
八千米的地下长龙，直通城外
蜿蜒至今
青砖拥成弧形低低的穹顶
墙缝渗出了水珠，长满了青苔
时间便凝固在空间的冷寂之中
三国的风云变幻
传话孔，可能把消逝的
话音传回来？

游华祖庵

山门外，传说在传说
济世救民之心如草木回春
双狮互望顾盼如阴阳环抱

古树，虬枝盘空，似在诉说
简朴而幽静
神仙住在这里
殿堂内，高大的华佗
目光炯炯，左脚前伸
衣带飘动，似在徐行
腰间系药葫芦，额间皱纹深刻
似在行医路上思索着良方
一片竹篱柴扉间
遍植活血莲、射干、曼陀罗、白术和菊花
洗药池，亦洗涤沉疴和痼疾
五禽有灵
廊庑鸣响虎啸
有鹿引项
有熊抱膝
有猿攀物自悬
有鸟立翅扬眉鼓力
有白日朗照庵顶

亳州古城的小夜曲

这是亳州古城的小夜曲：
在黄昏或夜晚时歌唱——
夕光徐缓降临，沐浴人间烟火
巷陌深深、庭院温暖
一株金银花，发散着幽香

应该换上旧的衣裳
走进飨堂，挽起宽袍大袖
且碰杯，饮尽醇酒
雨，从四处旷野来
拨弄曼陀林、大提琴
奏响编钟、拍击建鼓
想起了舒伯特、托西尼
想起了曹操

致杜仲及其他

我来到你的身旁，却不知你的名字
同行的人告诉我：“这是杜仲，亦名思仙
味甘、苦、微辛，性温无毒，补肝肾。”
好一个杜仲，原来这便是耳闻已久的杜仲君
还有桑皮、车前子、川芎、朱砂……
我内心欢喜
在亳州，可多识鸟兽草木
金石虫鱼之名
待老了，可以在我家后院
栽一棵绿色的杜仲，等它开花
无所谓结不结果，乳黄的单瓣
想落就落吧，从树缝间
无声地落进树下的
茶盏

作者简介

程潇，笔名黑多，徽州人，青年诗人，中国诗歌学会会员，作品散见于《诗刊》《星星》《诗歌月刊》《诗潮》《绿风》《中国诗歌》《延河》《青春》《山东文学》等刊物，著有诗集《枯树的时针》。

爬子巷

文 / 刘恒新

站在爬子巷，就像站在一个历史的地质断层带，不同年代的纹路在这里延伸或交错。

两侧不经意间幽深的院落、枯朽的门窗、斑驳的残垣，拥挤的或空洞的，明亮的或阴暗的，鲜艳的或黑白的。阳光斜照过来，让前来老街寻梦的过客兴奋而又困惑，惊喜而又叹息。

关于爬子巷的名称，有两种说法。一种说法是在明清时期，街巷多是根据所聚集的行业来命名，这里最初主要经营耙子，故称耙子巷，后习惯上写为爬子巷。另一种说法是在民国时期，这里有一户贫穷人家，母亲患病卧床，儿子孝顺但身体残疾，每天以爬行的方式出去行乞供养母亲，故称爬子巷。

其实从亳州北关街巷取名的逻辑上来看，前一种说法更为可靠和可信。倾向于后一种说法的人似乎是想以此证明亳州孝道的渊源，但总让人感觉有些牵强，且故事过于凄惨，当地老居民也多不知晓。

爬子巷不长，一眼就能望到头；爬子巷也很长，在历史的云烟下忽近忽远，看不到边际。穿行其间，人们在这里常常放缓脚步，试图让一幅发黄、残缺和模糊的市井画卷，在岁月的斜阳下缓缓展开……

一、会馆

茶香袅袅，钟鼓悠悠，大槐树摇曳着舒缓的秋风。在爬子巷修葺一新的天后宫，几名福建商人望着刚刚悬起的“福建会馆”的镀金匾额，脸上露出了志得意满的笑容。

这是公元 1736 年，清朝乾隆元年的一天。

明清时期，闽西地区男人们兴起外出闯荡之风，许多人渐渐成长为职业商人，成为明清时期福建商帮中的一支劲旅。他们依托闽西山区丰富的土特产资源，经营纸、靛、糖、烟、盐等行业。其中，有“小南京”之称的亳州自然很快进入了他们敏锐的视野。

那时的亳州依涡河而兴，客商云集，商船如织，如古书所说“高舸大艑，连樯而集”。而来自闽西的这群汉子，从跳下船踏上亳州土地的那一刻起，就感受到了这里商脉的律动。他们带来了靛、糖、烟、盐等特产，又带走中药材、布绢等物品，很快体验到了商业利润带来的强烈的快感。

当时，这些闽商们多居住在爬子巷。虽然这条街最初是以卖竹耙而得名，但由于其位置重要，如同一把扁担，东头担的是包括白布大街的八步六条街，西端挑的是南京巷、老砖街、铁果巷、里仁街等繁华要道。随着“高端客流”的增多，具有农耕特征的耙子等竹木制品渐渐从这条街淡去，取而代之的是药材、百货等贵重商品。其中，闽商便是这条街的主要经营者和受益者。

物质富足之后便是精神的需求。闽商们穿梭在爬子巷，乡愁也与日俱增。他们惦念着家乡和亲人，留恋着大山和海洋，于是一起商议，筹资在路北建起了天后宫，祈福求愿，慰藉心灵。天后又称妈祖，本属于海洋文化，后来向内地引申为水上运输的保护神而广受尊崇，尤其是坐船来的客商，更是祈求天后能够保佑他们平安吉祥，生意兴隆。

天后宫依照闽式风格建造，在黄淮之间可谓独树一帜，加上傍依涡河，很快香火旺盛。到乾隆元年，在亳的闽商越来越多，便增加了会馆功能。据福建汀州一县志记载："本邑行商几遍全国，乾嘉以来，凡商于大河南北者，均有会馆之建筑与设备。"

像福建会馆这样的会馆、公所，亳州最多时曾有30余处。而以花戏楼为主要建筑的山陕会馆，其初建和再建的时间比福建会馆要早，但是在福建会馆建成后的第三十年（乾隆三十一年），又进行了第三次建设，而且是一次大规模的扩建。或许正是在福建会馆强劲风头的"逼迫"下，山陕会馆只有通过不断的"升级改造"，才能确保其一枝独秀的"花魁"地位。

相对于较为保守的北方和内地，闽商的海洋文化特质更具开放和开拓意识。由于代表闽商文化的天后宫和福建会馆的建立，爬子巷在北关商业区中的重要位置变得更加巩固和突出。

会馆集宗教的虔诚、乡友的联谊、业务的洽谈、商人的休闲等功能于一体，可谓是一个自发的民间综合办事机构，成为那时亳州商业市井的一个松散而又紧密的社会单元。

二、钱庄

1925年12月，瑟瑟寒风中，几名夹着亳州口音的福建汉子，伤感地回望了一眼爬子巷那座闽西风格的门楼，便匆匆离开了几代人生活的亳州。他们身后，熊熊大火在蔓延，照亮了爬子巷及周边的街道。

土匪出身的军阀孙殿英对“富甲黄淮”的亳州早有耳闻，觊觎已久。他曾率兵三次祸亳，烧杀淫掠，使亳州经济遭到了毁灭性的破坏，一些外地客商只好含泪离开。除了一些会馆被烧毁，损失最严重的就是爬子巷的钱庄。当时，亳州钱庄已发展到32家，而爬子巷就占了23家，1924年，安徽省地方银行在亳州设立办事处，地址就选在了爬子巷。可以说，爬子巷就是亳州名副其实的“华尔街”。

钱庄的兴盛意味着亳州不仅是雄踞一方的商贸中心，而且是财通四海的金融中心。亳州最早的钱庄是清朝后期山西人来此开的票号。之后，爬子巷的晋泉钱庄便开业，这是亳州第一家钱庄。清朝有“南钱庄，北票号”的说法，钱庄诞生于江南，票号则起源于山西。亳州位于黄淮之间，是南北经济文化的交融与缓冲带，钱庄与票号都花落此处，亳州当地便将两者简而统之，都称为钱庄。

泰丰、同信、镇源、六吉昌、德成、复新、晋泉、慎源、鑫华、同泰、华裕、瑞成……许多年后，曾在爬子巷路北生昌钱庄做过学徒和管账的李济良，对这条街的钱庄，无论是从西到东，还是从东到西，或路南，或路北，都能一个不漏地娓娓道来。这些钱庄都有一个寄托着美好寓意的字号，而透过这些字号，我们可以想象那个时期爬子巷街道的两边，那一个个朴实而庄重的店面，悬挂着典雅而肃穆的匾额，还有踱着方步的老板，端庄的管账先生，以及来往穿梭、腿勤嘴又勤的伙计，一派老街盛景图。

李济良说，钱庄平时的业务主要是买卖银子、银圆和汇票，向外贷款，同时投资粮、盐等生意，直到孙殿英第三次祸亳，他所在的生昌钱庄里的钱粮全部被孙劫走，业务无法维持，店面只好关门。

孙殿英是亳州的罪人，他的三次祸亳，使亳州一度陷入噩梦般的低谷。大约经过了十年，以爬子巷为代表的亳州钱庄才又奇迹般地生长起来。

抗战时期，苏鲁豫皖交界一带主要是两种钱币，一种是国民政府发行的“法币”，另一种是日伪军在日占区联合发行的“联合币”。亳州在位置上地处南北缓冲带，有着钱庄经营的传统，在许多地方“法币”与“联合币”互不相容的夹缝格局中，亳州却悄悄兴起了两种钱币的汇兑市场。南方的客商运来烟叶、茶叶、药材及各种山货，北方的客商运来颜料、布匹、西药、卷烟及工业制品。南来的商人若去商丘等北方城市做买卖，就要将带来的“法币”换成“联合币”；北方的商人南下卖出货后，也必须将“法币”换成“联合币”才能带回北方。就这样，亳州在当时特殊的历史背景下，发展成了远近闻名的“货币自由区”和“兑换安全岛”。

据老一辈人回忆，在爬子巷当时做汇兑生意的有福祥泰、彬记等钱庄，还有一些流动的贩子在街面做些零散的业务。除了货币兑换之外，办理汇票也成为后来兴起的业务，省去了客商携带现金、现货的不便和风险。可以说，现在社会常见的资金运作的一些模式，在那时的爬子巷多能找到雏形。

三、布庄

爬子巷中段，路南，一面断墙。

墙面兀自临街而立。整体建筑风格为中西合璧，那保存完好的欧式拱顶窗、圆柱，牡丹图案的浮雕装饰，不时吸引着游客在此驻足观看。

让人叹息的是，剩下的仅仅是一面断墙。就像一本装帧精美的珍贵图书，在岁月的浩劫中，只留下一张残缺的封面，而那封面背后的内容人们不得而知。

六年前，中国美术家协会会员、国家一级美术师林琳先生根据这面断墙，走访了亳州一些老人，对这座建筑进行了图画复原，并在门头画上了它的字号：协聚和布庄。林琳讲，曾经爬子巷布庄最好的有两家，一家是协聚和布庄，另一家是和泰恒绸缎庄。

和泰恒绸缎庄开设于清末同治年间，投资创办人韩和山是河北省武安县人。那时，一个省的人在某地做生意才能称为“帮”，如山西帮、山东帮，可是武安县由于商业发达，出外经营的豪商巨富多也自成一帮，人们也称其为武安帮。韩和山作为武安帮的头面人物，在河南开封、郑州及安徽亳州等地相继开了六个绸缎庄，字号称和泰恒、和泰义、和泰祥、和泰公等。

爬子巷是韩和山在亳州的兴业之地。他最先在这里与人合资开办了和泰恒绸缎庄，也许是品牌的力量，也许是爬子巷位置的优越，绸缎庄一开业生意便格外兴隆。之后，亳州涡河航运之便以及“锦幄为云，银灯不夜”的繁华景象，让喜出望外的韩和山决心在这里再次投资兴业。于是，他将和泰恒绸缎庄交给亲友韦谦和，自己又投资十万银圆在与爬子巷毗邻的白布大街单独创办了和泰公绸缎庄，并按照上海商业建筑的风格，建造了亳州当时最气派的商业大楼。

自从布匹绸红缎绿的色彩在街道间流动，爬子巷的厚重和忙碌之中便增添了几分艳丽，青砖黑瓦间多了几抹云霞般的绚烂，车水马龙之中又常常闪动着小姐太太的妙影身姿。爬子巷布庄的红火场面维持了半个多世纪，之后经历了孙殿英祸亳、日军入侵，到国民政府苛捐杂税的重压，和泰恒等布庄纷纷黯然停业。

四、药堂

1936 年的一天，一位稚气尚存的少年走进了爬子巷普庆堂。他叫任敬恒，成为普庆堂学徒时才 14 岁。因为勤奋好学，18 岁开始负责批发业务，21 岁负责总账和采购，24 岁做了掌柜。

任敬恒的青春韶华是在普庆堂特有的药香中度过的，在这里，他从成长到成熟，从一名怯怯的懵懂少年成为干练的药店掌柜，也见证和经历了普庆堂的风雨沧桑。

普庆堂位于当时最热闹的爬子巷中间路北，由河南马牧集的财主任少泉在 1920 年与亳州的药界同仁一起创办，招牌由河南著名书法家褚纪雯题写，悬挂在店门外，很是厚重大气。

开业不久，普庆堂就后来居上，赶上了原来在亳州颇有名气的松山堂、松寿堂、春生堂等老字号药店。亳州是药都，在这里经营药材生意没有两把刷子是很难站稳脚跟的，普庆堂在经营上的确有许多过人之处。据任敬恒回忆，现代人常

讲的“质量至上”“细节决定成败”“人性化服务”早已在那时的普庆堂得到体现。例如，在为顾客抓药时，药店调配人要将处方全部查阅一遍，看是否重复，是否有短缺，是否有妊娠忌服等忌口的药；在包装药物时，每样用统一印制的标有名称、性能的专用纸包装；然后，再对着药方一一核对，用印着字号、药店地址的大包装袋包好；最后还要送给取药人一个竹纱制成的药汁过滤器。为了方便急需用药的患者，普庆堂白天大门营业，夜晚开一扇小门，可谓是“二十四小时全天候服务”。由于质量好、服务好，普庆堂很快成为了同业中的“亳州第一店”。之后又发挥“品牌连锁”的效应，相继在白布大街和商丘车站开设了普庆堂分店。

任敬恒至今还记得他在药店站柜开发票的情形，寒冬季节他穿着马褂冻得浑身发抖，为了不让顾客着急，饭也来不及吃，手上有冻疮不方便，他就撕下疮皮，脓血都流了出来。他曾经被派到商丘分店任经理，经常在商丘与亳州之间捎带药品，一次路遇打斗，马车不能通行，他为了不耽误店里用药，就一个人背着药包往亳州赶，哪知道又遇到土匪劫路，打他、骂他、审他，要钱他没有，他只讲自己是个送药的，最后土匪见他的确没钱，人又文雅，就放了他。

爬子巷留给了任敬恒难忘的回忆。许多年之后，那里的每一块石板、每一个店面、每一声吆喝以及普庆堂每一个盛放中药的小抽屉，还都像小电影一样不时地出现在他的脑海中。

五、市井

清晨，刚刚醒来的爬子巷，在小吃摊点的阵阵香气里开启了新的一天。

爬子巷32号，临街的黑色木门，油漆有些剥落，虚掩着。这家的周姓主人早早起了床。略有些倾斜的屋檐下是木条简单固定的“修换锅底”的牌子，字写得很随意，却不时有路人要进去看看——他们不是为了修换锅底，而是怀着对老手艺的好奇和崇敬。

屋内向里是两重套间，木质框架，木板墙上挂满了修锅的工具和生活用品。昏暗的房内，角落里的砖墁地面上还留有遗弃的用来支撑立柱的石础。周师傅说，以前这样的老房子很多，后来被拆了，盖了新房。他们住的这房子由立木和梁架撑顶，俗称扶梁扶柱，墙倒屋不塌。

在爬子巷，像这样的房子还有很多，但是大部分都已残缺、废弃或拆除另建。信步走进一个院落，门牌标有“第13户”的也是老房子，其中一间由于年久失修已经闲置。而东侧有一座两层老屋墙体保存尚好，楼上有青砖砌就的拱形窗户，厚实中透着雍容与婉约之气。

明清及民国时期，爬子巷临街多是两层楼。楼下的商铺有栈、行、号、庄、店、堂，经营着各种买卖，除了上文提到的钱庄、绸缎庄、药堂之外，还有“三合同”纸烟店，仁和、公益典当，广义书局，峰记、润华、新华石印店，福源酿酒糟坊，等等。而楼上，是一扇扇雕着各式图案的窗子。常有窗子半开，一束吊兰坠下几枝翠绿，女主人斜倚眺望，不经意间的盈盈秋波为喧嚣的巷子增添了几分柔美。她们在楼台上看风景，楼下的人抬头看她们，竟成了街上相看两相宜的诗意风景。

如今，爬子巷在北关老街的统一改造中，沿街立面按照

历史原貌进行了大致恢复，入驻了一些文创小店和民宿，吸引了许多衣着新潮的外地人，为这里增添了几许新鲜的文艺气息。

爬子巷是一条适合步行的街道。

几百步，轻轻松松，走在新近铺就的石板路上，人们不会感到任何体力上的疲倦。

几百步，并不轻松，路过一些院落和老屋，那里隐藏的岁月密码，却又让人感到费解和洞悉的沉重。

作者简介

刘恒新，亳州晚报社副社长、副总编，安徽省作家协会会员，亳州市作家协会副主席，市政协第二届、三届委员。多年来流连于文学，笔耕不辍，对亳州地方文化的发掘和弘扬情有独钟。

走读亳州

文 / 戴旭东

打开手机相册，看了又看在亳州采风活动所拍摄的照片，心中依然翻起热浪。相片的地名显示了谯城区药都路、和平路、永安街等地，美好的画面再现了皖北古城的风姿。刚去欧洲游览归来，我来不及拂去困顿倦意，便马不停蹄地走进亳州，这份幸运是在接续我与皖北大地的缘分。

一

童年，母亲所在的合肥九中集体下放到阜阳办学，我随母亲在诗人嵇康的桑梓生活了几年。看到的是瓦房和大树，还有麦地和水塘。半个世纪后，我乘坐绿皮火车途经阜阳至亳州，沿途看到隐藏于绿树和麦地深处的村庄，阳光下的原野和清澈的水流，很像莫奈油画中的风景，没有喧嚣，没有浮躁，宁静而美好。第一次去亳州，我是怀着“南去黄山看风景，北来亳州看人文”的心情。在去宾馆的车上，放眼四望，道路平整宽阔，车辆穿梭往来，路旁绿树成荫，过了建

安文化广场，我已感受到扑面而来的历史文化气息。据了解，亳州的路名与人文花卉关联，南北道路以“历史文化、名人名典、自然地理特征”命名为主，东西道路以“中药材名称”命名为主。差一横读“亳”的“亳”字，在《新华字典》里的解释为：“地名，在安徽省。”商朝的宰相伊尹是这样说的：“亳”的上半部像一座高大的建筑，代表都城建筑高于天下，具有统领之意；下半部是一种农作物的象形字，叫作乇，它是一种有穗子、有秸秆、有根茎的农作物，可能就是小麦。涡河水孕育了亳州灿烂的文化。建安十八年，魏文帝曹丕临涡吟赋：“荫高树兮临曲涡，微风起兮水增波。鱼颉颃兮鸟逶迤，雌雄鸣兮声相和。萍藻生兮散茎柯，春水繁兮发丹华。”道家鼻祖老子、一代圣哲庄子、魏武帝曹操、中华神医华佗、巾帼英雄花木兰等皆生于此。两千多年前，老子临涡而立，内心默念，道法自然，转身回头，清静无为。曹操的诗悲慨苍凉、曹丕诗的绮丽婉约以及曹植“七步成诗”的故事广为传颂，“三曹”和建安七子一起引领了建安文学，其划时代意义在于为其后的唐诗宋词时代奠定了基础。李白在诗《宣州谢朓楼饯别校书叔云》中有“蓬莱文章建安骨”的句子，似在告诉我们，历史在我们身后，在时间的深处。白云在天，清风在袖，眼前谯望楼，身后芍花香。谯望楼位于亳州老城区，暗红色的主楼威严壮观，气势巍峨。白玉回廊下显现金黄色的“曹操地下运兵道”七个字，一块长方形的石碑镌刻了两个汉隶大字“衮雪”，笔墨雄浑，飘逸绝伦，这是曹操仅存于世的书法作品。随着导游移步于建安文学馆及各展厅，竹简汉阙画像营造出书香之气，无数雄辞美赋在灯光下熠熠生辉，带我们回想远古，领悟久远的历史记忆和人文情怀。

二

“说曹操，曹操到”这句话常在我们的生活中出现，你我谈论他人的时候，他恰好来了。其实，这后面的一句话“当面错过，岂不好笑”却很少被人提起。说的是曹操战败后，吕布紧追不舍，居然没有认出化了妆的曹操，被其顺手指说前面那个骑马的人是曹操。吕布的错过终于付出了惨痛的代价，他在下邳被曹操所杀……对于我们而言，即使将曹操研究几百遍，依然难以说清他的神秘所在。历史上周武王有他的气概，但没他的诗韵；汉武帝有他的政治才能，却无法像他一样乱世称雄；诸葛通晓古今，决胜千里，却无他的气魄。我们不得不惊叹：曹操，历史之奇人也！ 很快，我们步入了历史的暗道，被誉为“地下长城”的曹操运兵道设计精巧，纵横交错，变幻莫测。相传曹操在讨伐董卓失败后率军回乡，他把数量不多的士兵从暗道送出城外，再从城外入城，迷惑敌人，出奇制胜。少年时，我和玩伴钻进防空洞的情景恍若昨天，那用红砖砌成圆拱形的通道是年轻的，我也是年轻的。这回，跟着导游进入运兵道内，但见青砖砌就的通道是古老的，而我已不再年轻。在荧光灯的照亮下，触摸一千多年前的砖石，想象着官渡之战中，兵士们疾步穿行的身影，思绪还在曹操《短歌行》里的句子中打转，古风月明的诗意飘来了气势磅礴、慷慨悲凉的悠远深情。距运兵道不远就是华祖庵，由庙祠、故居和古药园组成。大殿内供奉着雕塑大师钱绍武先生雕塑的华佗像。元化草堂是华佗的居室，东厢房“益寿轩”是华佗诊病的地方，西厢房“存珍斋”是华佗的药库。在这片土地上，华佗发明了“麻沸散”，比近代外科医用的麻

醉剂领先1600多年。他模拟动物姿势编成的“五禽戏”至今仍在亳州城盛行。他主张人应适当劳动，方能“谷气得消，血脉流通，病不得生”。华佗用针灸的办法治疗曹操的头疼病，深得曹操的赏识，后因两人斗劲负气，他被曹操投入狱中拷问作古。华佗追求自由和理想的精神风貌值得后人敬佩！在花戏楼大关帝庙前，精美的砖雕和镶嵌其间的成语故事令人流连忘返，我拍下了园中古戏台玲珑剔透的木雕人物。花戏楼集被称为“戏楼三绝”的砖雕、木雕和彩绘于一体，无论是砖雕还是木雕，其表现形式都追求形神兼备，或历史人物或山水花木，惟妙惟肖，栩栩如生。古戏台精美绝伦令人遐想，她在长久的时间里数着历史的风，散发着动人心魄、跨越时空的美。立于嘈杂的人群中，耳边似响起了戏曲音乐，是京胡、月琴、小三弦……多少哀婉缠绵、波澜壮阔的故事曾经在这里粉墨登场，又在这里曲终人散，回归寂然。

三

“远远的街灯明了，好像闪着无数的明星。天上的明星现了，好像点着无数的街灯”。踏着老街的月光回到住处，脑中依然闪现着南京巷钱庄和北关古街的光和影，那树、那物、那人便无声地向你讲述着过去的故事，一座座高楼大厦在她的周围崛起，欢快的音乐在广场上空飘荡，轻快的舞步吻着多情的土地。这时，涡河水仍在静静地流淌，月色与灯光辉映的亳州充满了青春的活力。都说亳州的牛肉馍金黄酥脆，味道鲜美，遂于翌日清晨跟着常河老师去了事先联系好的早点铺，学着当地食客的样子，夹起一块刚出锅的牛肉馍配着蒜瓣咬一口，外焦里嫩，食之出声，就着油茶或是麻糊汤，独特的香味在唇齿间蔓延。亳州作为中华四大药都之首，它的美食讲究以药入食，以食养生。牛肉馍的馅料里添加了茴香、八角和多味中药材，既满足了人们的味蕾，又起到了养生的功效。出了这座城市，恐怕很难寻觅这道已成为亳州符号的特色美食了。我们赶到集合处，乘大巴去游览亳州中药材大市场。导游说，这里是全球最大的中药材集散中心，日均人流量四五万人次。沉浸在浓浓的药香味中，中老年人常用的三七、川贝、灵芝、西洋参、罗汉果、亳菊花也深受游客青睐。同行的亳州文友说，只要你能想到的中药，来这里都能买到。我只认识货柜里的人参、天麻和当归，其他的都不知道。妇联戴爱霞主席热情地介绍着陈列在我们面前的药材和它们的用途。我买了一大袋野菊花，喜欢菊花金灿灿的花形，准备等女儿放暑假从欧洲归来，送给她泡茶喝。《城东观芍药歌》是清朝诗人刘开在亳州编修《亳州志》期间与友人到郊外欣赏芍药花所作，也是亳州人赏芍药花时，最喜欢引用的一首诗。姹紫嫣红的芍药花丛中，一张张被芍药花映红的脸颊，如同蓝香芥和虞美人一样，妩媚动人。“木兰故里春风行”的女作家们幸福地徜徉在芍药花海中，笑语声声，裙裾飘动，像孩童般天真烂漫，像蝴蝶般自由翻飞。我站在涡河岸边，回眸芍药花绚丽的姿容，感觉五月的亳州，到处都弥漫着芍药花的清香，到处都是生机勃勃的景象……

作者简介

戴旭东，浙江宁波人，安徽省作协会员。散文发表在《中国航空报》《中国纪检监察报》《新安晚报》《安徽广播电视报》《安徽青年报》等报刊。

散落在亳州老街的记忆

文 / 张兰兰

来到亳州已十余载。这座城市之于我，是从青年迈入不惑的丝丝流年。亳州，这座古老而厚朴的历史文化古城，花戏楼、曹操运兵道、华祖庵、道德中宫……不计其数的景点中，我最深的记忆大半留在了花戏楼附近的北关老街里。

每次踏入老街，内心总有一种找到灵魂安放之处的踏实感。漫步老街，青砖灰瓦，古色古香的清代建筑，古民宅斑驳陈旧的墙壁，弯曲凹凸的街面，被人踩得发亮的青石板路，街巷中小贩的叫卖声，都染着浓浓的烟火气息……散发着芬芳的老街盛景图，古意深沉，令人回味。

老街每一条街巷都有一个故事或因一种说法而得名。如“白布大街”，顾名思义曾经是经营布匹的一条街道。整个一条街排列着经营纱、丝、绢等各种店铺，店铺与店铺之间夹杂着同仁堂药店、浴室及卖酱菜的铺子。想来这条街如《清明上河图》呈现的那般，在明清时期繁盛一时。亳州是道家鼻祖老子的出生地，《道德经》是老子的经典著作，亳州后人为了铭记先贤思想，传承先祖德泽，故命名一条街为“承德街”。“打铜巷”则是一条因经营手工打造铜器为主而命名的巷子。“爬子巷”之名据说是为纪念一名不能直立行走的残疾儿子为双目失明的母亲爬行行乞的孝心而得来。老街里的隐士与居民们在纵横交错的街巷中享受着白云悠闲、天光云影的生活，这样恬淡悠闲的日子，对于居住在老街之外的我有着一种异乎寻常的吸引力……

华灯初上时的老街是另一种娇羞亦迷离的美。深蓝色的夜幕下，一盏盏橘色的灯笼在老街的屋檐下次第花开，划出两排醉人的红。徘徊在夜幕下，走向老街深处，思绪已飘至明清时期的古城亳州……

亳州城是一座有着3700多年历史的国家级文化名城。老街在明清时期商家云集，会馆林立，达到鼎盛。那时老街的大街小巷达100余条，有“小南京”之美誉。沿着爬子巷走到最东端，就来到了北关老街最有名气的“八步六条街”。这六条街分别是卖布的白布大街、卖炭的炭厂街、卖帽子的帽铺街、卖鱼虾的德振街、金融一条街爬子巷和两间房子的水门关街。六条街相距之短，使老亳州人形容为只需走八步就会有六条街了，“八步六条街”因此得名。

在橘色灯影的闪烁中缓慢挪步，已来到南京巷。明清时期，亳州的钱庄主要分布在爬子巷、南京巷等商业区，形成以爬子巷为主的金融中心。南京巷也是国内钱庄最多的一条街，被称为“国内金融第一街”。常怡客栈、37°客栈、燕归处等特色民宿及酒吧、花店等散落在音乐萦绕的爬子巷中。在酒吧里随便找个位子，要上一杯咖啡或茶，听着婉约悠扬的音乐，自会有一种远离喧嚣不离城的宁静之感。

老街低调地盘踞在城市的北关。作为一名探访者，数次走进她，每次都能感受到暖暖的温度。在街巷的深处，望着两侧的店铺，你买或是不买，店铺的东家都会热情地和你打招呼。打铜巷里的手艺人，叼着烟卷，聚精会神地拿着小木槌，在即将成型的铜器上敲敲打打。你若过来驻足观看，他便会大方地向你点头示意，露出憨厚的笑容。街巷尽头的阳光下，满头银丝的老人围成一桌无声地打着骨牌，夕阳照耀着他们古铜色的脸庞，成为巷子深处的一道独特风景。

北关老街的人家里，有的已经四世同堂，数十年如一日生活在老街深处，生儿育女，养花弄草，经营着自己的生意。早上，拎着鸟笼子在老街遛上一圈儿，喝上一碗热腾腾的羊肉汤，配一张刚打出来的烙饼，或是尝一口满嘴流油的牛肉馍，幸福的滋味便油然而生。

晚上，在花戏楼旁的梁坊会馆里听一段相声、戏曲或大鼓书，听到精彩之处，报以满场的掌声，这是在老街才能感受到的与众不同的味道。

隔一段日子，我便会在老街的民宿或酒吧的窗前坐下发发呆，看着窗外不紧不慢的人群，闻一闻花草的香气，找一找岁月静好的感觉……

作者简介

张兰兰，笔名听风的铃兰，现任安徽省亳州市妇联综合宣传部部长，安徽省作协会员、亳州市作协会员、亳州市木兰文化研究会副秘书长。部分散文、随笔发表于《中国妇女报》《中国妇女网》《清明》《西部文学》《亳州文艺》《亳州晚报》《安徽妇运》等刊物。

早把他乡当故乡

文 / 王碧君

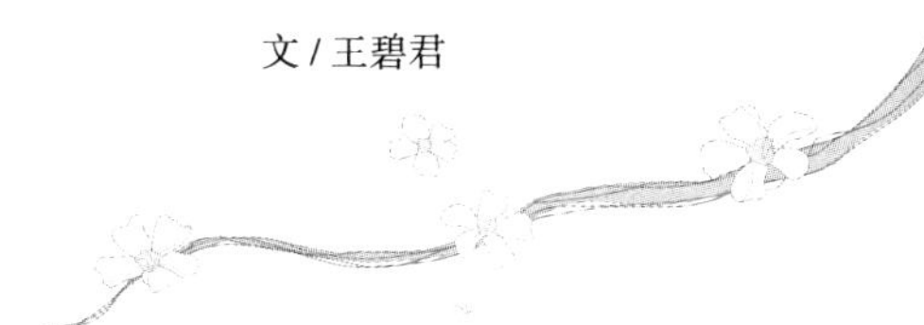

亳州是我目前居住过年数最多的小城，比故乡更久，以至于很多时候，我误以为自己是土生土长的亳州人。

尽管这里冬天让人觉得还比东北冷，却没有暖气，雾霾指数一度飙升至全国第一，仍不妨碍我深爱这座皖北小城，深爱到若让我移居到任何一个其他的城市，我都不愿意。

不仅因为它是三朝古都，有着深厚的历史文化，诞生了无数诸如老子、庄子、曹操、华佗等圣人名人，是全国最大的中药材集散地，有好喝的古井贡酒，我更爱这里一年四季分明，生活安然闲适，人们和善热情……亳州是一座不设防的城市，让每一个来到这里的人有安全感和归属感。

一、第一次去运兵道

说来或许有人不信，这次参加“木兰故里春风行”采风活动，是我第一次真正走进曹操地下运兵道，我有点轻微的幽闭空间恐惧症，每次坐电梯都会紧张害怕，所以，来亳州

十多年，我对运兵道都是过门而不入。

以前每逢节假日去运兵道采访，我就在入口处拍照片，有外地朋友来，我也是在入口送他们进去，在出口等着，特别胆怯。

这次跟着采风大部队不好矫情，硬着头皮，心惊胆战地往里走。好在，如今入口从人民路挪到了谯望楼，在真正进入地下运兵道之前，要先经过宽敞明亮的建安文学馆，里面布满了“三曹”诗文，边行边看，并未有不适。拐个小弯，穿过一条竹林小路，才算真正进入地下运兵道。

运兵道内，气温略降，凉意袭来，灯光却是暖的，跟着人群前行，没有想象的沉闷感，也没觉得怕。据说整个亳州老城地下纵横交织着的全是运兵道：道道相通，如同迷宫，最宽的地方足以让四辆马车并驾齐驱，最窄处仅能容一人侧身而行。目前发现的有 8000 米长，为了安全起见，如今只开发 800 米，仅 1/10，以至于感觉没走多远，咦，出来了，意犹未尽。

在运兵道内漫步缓行，仿若穿越到了一千多年前的时光，想象着在这个迷宫般的地下道里，士兵们又如何逃命似地奔跑前行，每每此时，看到战争场面或者类似场景，无不感叹：生在和平年代真是太幸福了。而走出来的瞬间，仍有种恍惚之感，如大梦初醒，从三国秒回现实，这是一种非常神奇的体验。

前几天还有外地的朋友跟我说，曹操真是太了不起了，地下运兵道称“地下长城”丝毫不为过，尽管之前通过资料有过大致的了解，身临其境才能感受到那种震撼。刚进去时还有点小紧张。

我特别能理解朋友的紧张，人对未知的一切都会本能地惧怕，特别是地下景点，会不由自主地萌生出恐惧感。

我告诉朋友，我没去之前比她还害怕，经历了方知纸上得来终觉浅，想看的风景一定要亲身去体验，人的固有思维太害人，所有的困难都没想象中的那么难以克服，之所以絮絮叨叨写了这么多，是想告诉没去过运兵道的人：不要怕，也不要担心，运兵道非常安全，照明和通风设施相当完善，空气比地上还要清冽一些。

在十多年前，我去采访或带朋友参观，景点都空空荡荡，鲜少见到游人，节假日也不会拥堵。如今，每到一个景点，不管是运兵道、花戏楼，还是华佗纪念馆，游客络绎不绝，我最开心的是，以后我再也不用很怂地等在运兵道出口了。

二、买药材尽管放心

到亳州来，中药材交易中心是必须要去的打卡地，这里是目前全球规模最大的中药材交易市场，我可以很骄傲地说，不管多冷门稀缺的药材，都可以在这里找到，若真找不到，那其他地方更没有了。

现在网络发达，到陌生的地方之前，大多数人都会先做攻略，把当地的风土人情了解得七七八八，美景美食统统存进手机里。所以，在参观中药材交易中心时，同行的一位老师就说，听说买药材一定要买样品，因为一般不会拿假货来当样品，但从后面拿出来的就不好说了。

药材，毕竟是入口之物，小心谨慎点是应该的，我想说的是，现在药材市场已经很规范了。国家药监局和省药检局也隔三岔五就来亳州突击检查，在市场上，想买假货比买真

货还有难度。

只不过，药材里的学问大着呢。就大的方面来说，同一种药材，产地不同，质量就有差异，价格差距也大。比如，近些年备受人们青睐的三七，产地就有云南、广西、江西、四川等，其中云南文山的最出名，价格也高；区别产地后，要分三年、五年、七年；还有多少头等，价格都不等。外行很难一下子摸得门清。在中药材交易中心，一分价钱一分货，你出多少钱一般会买到相应质量的药材，但不会买假。

若对药材药性都不是很了解，又想买一点日常保健或者送人的话，可以买一些女士们爱喝的花草茶：如菊花清肝明目，玫瑰暖胃养颜，茉莉舒缓安神，洛神花降脂补血，金银花疏风散热，荷叶可减肥瘦身……太多就不一一罗列，百度都有，也可顺带买一些煲汤常用的黄芪、山药、各种参片等，不用太懂，吃了有益无害。

此次同行的一位老师，买了很多三七粉回去说给父母吃，活血化瘀，还有很多人靠吃三七粉降脂降压。个人觉得，三七粉可以吃吃，但不要长期过量食用，易伤肝脏。还有一位老师买了一大包薰衣草花要回去做枕头，说能安神助眠。

如果说曹操运兵道是地下迷宫，那么中药材市场就是上下两层的地上迷宫，仅交易大厅占地面积就有 3.2 万平方米，固定的摊位号有几千个，药材日上市量高达 6000 吨，上市种类有 2600 多种，大家自己感受一下吧。摊位纵横分布，药材琳琅满目，卖的买的，行人摩肩接踵，堪比早晚高峰堵车，不过这里是“堵人”。甭说外地人，本地人若非是做药材生意的，到里面也会迷路。

友情提醒，在中药材交易中心附近，千万别小瞧骑三轮的人，他们中的某一个，或者很多个，不开豪车，也坐拥千万资产，骑三轮只因进出方便，顺带拉货。

三、繁华深处是老街

清晨，一弯新月尚未完全隐去，青石砖路还洇着露水，住在老街的人们就起来了，把鸟笼挂在门口，把开着栀子花或者凤仙花的花盆挨个移至老屋门前，就着热腾腾的锅贴和麻糊汤，开启了岁月静好的日常。

我最喜欢的还是暮色四合、华灯初上的老街。老街位于老城北门，又称北关老街，曾经是亳州最繁华的地方，主街两边还保留着明清风格的建筑，开有一些特色饭馆，小龙虾、涮羊肉、烤串，什么都有，街中间还有臭豆腐等各色小吃摊点。一到傍晚，路两边的屋檐下的灯笼次第亮起，饭馆打开大门，小摊点开始营业，不一会儿，就能闻到各种食物的香味了，觅食的人慢慢地挤满了老街，甚是热闹。

我喜欢逛老街，却不敢常去。对于一个一年 365 天都不忘“减肥大业”的人来说，去老街意味着放纵，意志力再强，也无法抵挡一条街美食的诱惑，守住了这家，未必绕得过去下一家。

还有另外一个原因，对于诱惑，扛住比扛不住更让人痛苦。我是个不喜欢委屈自己的人，既然扛不住，就尽情享受，所以，至今还是胖子一枚。

每次去老街，我会早一点，可以看到灯笼一盏盏亮起来，可以把肚子吃得圆滚滚的，吃完再逛，顺便消食，稍稍会减少放纵食欲的罪恶感。

我最受不了自己这种人，接受不了自己胖，又扛不住美

食的诱惑，吃完还后悔，多难受呀。为啥就不能选择做个快乐的胖子，或者干脆对自己狠一点呢？

言归正传，继续来说老街。老街主街基本除了吃的还是吃的，吃完从花戏楼进去，会有很多条小巷，诸如白布大街、打铜巷、爬子巷等，不用管，随便挑一条，踩着青砖，沐着昏黄的灯光，只管走就是了，走完一条会出现另外一条，都是相通的。小巷静谧而深远，藏着无数我们知道或不知道的故事。青砖灰瓦的老屋前，偶有老人摇着蒲扇，坐在门口乘凉，身边总会摆有一两盆你认得或不认得的小花。

这次采风，在白布大街，一位老人端着碗坐在门槛上吃饭，同行的一位老师凑近了看一眼，顺口问吃的是什么，老人答蒸红芋叶。亳州人善做蒸菜，似乎哪一种菜都能拿来蒸着吃。比如，常见的土豆、豆角、茄子、芹菜等，不常见的红芋叶、芹菜叶甚至马齿苋也都拿来蒸着吃。我知道大致的做法：需把菜洗好晾一会儿，均匀地裹上一层面，水开后放到锅里蒸五至十分钟，取出来晾一下，再用生抽蒜泥一拌，浇点麻油，鲜香可口。虽说简单，对技艺要求非常高，我尝试 N 次都以失败告终，时间总是把握不好，蒸得黏腻软塌，不如本地人做得松散利落。

老人答完就连忙起来，转身进屋要给我们盛一碗尝尝。我们再三推劝，老人才坐下继续吃，亳州人热情，来过这里的人应该都有体会。

同行的一位女老师，儿子才十岁，来亳州采风两天，临走时说将来一定要娶一位亳州的女孩做儿媳妇，称赞亳州女孩善良、贤惠、真诚。我把这当成对亳州人至高的赞美，能让婆婆满意的儿媳妇，那得有多合心，多喜爱呀！

在亳州生活十多年，眼看着它高楼林立，向南拓展了一个新区，干净明亮的道路一条条纵横交错、无限扩大，经济蓬勃发展，交通日益发达，高铁年底便可通车，机场也正在开工建设……

这座皖北小城也处处都是新景，但亳州骨子里厚重古朴的气质始终如一。正是这方厚重的水土养育了和善、好客的亳州人。如一首歌里唱的那样，看了我的家园，你是否有点儿羡慕？在这里生活真的挺幸福，很富足。

作者简介

王碧君，80后，蒙城人，亳州晚报副刊编辑，出版作品《爱的供养》。

活着的古城

文 / 杨秋

亳州一直睡在千年的长梦里，带着远古的静谧、三国的肃杀、明清的传说以及民国时期半掩的红门…… 坐在巷口，摇着蒲扇的阿婆、抻平的竹帘上晾晒的萝卜干、以白布蒙口麻绳扎系的酱豆坛子，又让这条条老街充满了烟火的气息。那古老的铜匠铺子里，传出的不疾不缓的敲击声，一头连着从前，一头接着现在，于是，这座古城就这样一直活着了。

一、古地道

说亳州绕不开曹氏家族。“三曹”的文韬武略自不必细言，单曹植一篇《洛神赋》，足以让世人惊艳。这一切，落到史书上，总嫌单薄苍凉。若一人高居山巅，仰望之间，横亘着无法触及的遥远。一条地下运兵道拉近了彼此的距离，曹操身着紫袍，手捻长须，就站在眼前了。这条被称为“地下长城”的世界奇迹，对于曹操囤积兵力，进而与蜀、吴形成三足鼎立之势，作用不可小觑。而此时，我用文字记录的，却是另外一条鲜为人知的地道。传言，亳州地下暗道纵横、四通八达、道道相通、条条相连，我深信不疑。20 世纪 80 年代我在花戏楼墙外的咸宁中学读书，大家每天都把垃圾倒入院内一个深洞里，许多年过去，洞口依然大张着嘴，仿佛从未有过东西入内。那海量的垃圾，从进入洞口的那一瞬间，立刻无影无踪，竟连一点声音也没有。大家猜测，这里应该是一处地道口，与大隅首的运兵道相通。曾听人说，白布大街一户人家地下发现了地道，我一直想去看看这些未被开发、包装的原始地道，庆幸终于如愿。我和两三文友，穿过寥落的瑞恒昌前厅，一直前行，走了两节荒芜的院子，到一处断壁残垣、屋椽外露的北厢房内，向下约两米，眼前便是那古地道了。这里的地道与曹操的地下运兵道果真不同。以此屋为点向四处延伸，道生道、道发道，道道相连。因原始，洞内多有淤堵、渗水，寒气逼人。每行一段，修有壁炉、灯龛、客厅以及大的储藏室。遥想当年，更深人静之时，这里的掌柜们，盘点之后把银两和贵重物品悄悄运到地道后，掸掸长衫，长舒一口气，轻松地暗自笑了。想起周庄沈万三的旧居，不起眼的临街小门面，做着通达三江的大买卖，连皇帝都嫉妒他的财富。眼下的瑞恒昌，哪里比沈百万逊色呢？他更懂得藏愚守拙罢了。这些枝杈相连的地道，应该有一处与涡水相通，条条满载货物的商船，就可以自由穿梭于亳州与诸城之间了。

二、华祖庵

我外婆家在鸭鸭胡同。顺着胡同一直向前，巷口是两

片明朗朗的湖。一座弯腰小桥把两片湖连成一个整体。小桥上铺有三块青石板，经过无数的脚印重叠，圆润无棱、光滑可鉴。由小桥南端发出两条弧形的小路，围成一片高地，住了几户人家，那里是永安街。街西就是华祖庵。庵门口两只大石狮子是孩子们的最爱，有时竟骑得上两三个孩子。石狮子一直安静地蹲在那儿，不喜不烦。草堂里，那个长着大脑门的华佗，手里拿把刀子，地上仰面躺着一个被开膛破肚的人——对，人们都说华佗在给病人开膛破肚。院里似乎有两棵拧着身子的松树，记不真切了。洗药池只是浅浅的一片水，没有今日茫茫的雾气。华佗应该是生活在这仙境般的庵内，他一辈子悬壶济世、造福桑梓，人称神医不为过。院内药圃规模有点小。亳州地界，凡百草皆可入药。不如泼辣辣撒满药种，四时之美便有了。于华佗而言，终日有鲜花百草为伴，应少去许多寻药之苦。

三、老街小巷

我曾一遍遍行走在亳州的老街小巷，在不同的时间、不同的季节、不同的天气里。仲夏，古朴的老街静立在青蓝的天空下，无人声喧闹，无汽车鸣笛，一切安静而美好。打铜巷的老师傅戴着老花眼镜，用小锤儿敲打着一只小巧的铜壶，“叮当——”“叮当——”声音绵长而清脆。屋檐下几只画眉、绣眼，很受用地蹲在鸟笼里，不惊不慌，它们听惯了老铜匠的敲打声。五六位老人坐在阴凉里打牌——那种古老的骨牌，用豆粒记录输赢。脚边盆盆罐罐里，栽满了香花子，风吹过，一股带着草味的清香，顺着街筒子跑远了。哪位老人怀里揣的蛐子“笛儿——”“笛儿——”尖声细气地叫着……常常在这种感觉里，我无法移动脚步。

作者简介

杨秋，安徽省特级教师，安徽省作家协会会员，作品有《乡村人物》系列、《我的村庄》系列，所写散文散见于《清明》《盛世雅言》《河流与乡村》《2018精美散文集》《一路花开》等。报告文学《总得有一株饱满的麦子》获首届“风起江淮”征文一等奖。

从老街走过

文 / 杨秋

清晨，临河而立的花戏楼浸润在茫茫的水汽里。楼前铁旗杆上的铜铃，随着晓风“叮咚”有声。这座修建于清康熙年间，距今已有几百年历史的建筑，愈发显得古朴而浑厚。

候票的游人，由窗口一直逶迤到涡河岸边，如一条长长的“人龙”。

看着眼前的情景，不觉想起十年前的花戏楼。那时候，花戏楼门前街道纵横，没有专门的场院，花戏楼相对空间逼仄局促，很少有人前来参观旅游。即便是本地居民对它也知之甚少。周边相关的朱公庙、火神庙、粮坊会馆、糖业会馆，更是成为市民居住停歇的大杂院。

花戏楼，这颗被誉为“中原之宝”，集砖雕、木雕、彩绘于一身的文化瑰宝，如身着青衫的落魄文人，落寞地伫立在涡水之畔，被热闹繁华所遗忘。

近几年，政府下大力气、投入大量资金，在维持花戏楼、南京巷钱庄、道德中宫以及七十二条老街、三十六条古巷原貌的基础上进行保护式修葺，这座古城又焕发出了蓬勃的生机。于是，越来越多的人走进亳州，深入亳州，了解亳州。旅游的兴盛，带动了亳州文化的发展；经济的繁荣，也让亳州这座古城走出国门，走向世界。

午间，又从老街走过。迎面相逢“南腔北调”。他们迈着悠闲的步子，睁大好奇的眼睛，行走在老街，嘴里不停地发出赞叹。同时，手中的相机、手机也不住地快闪。此时，南京巷钱庄当是他们的首选：晴朗的天底下，门头一串串象征着荣华富贵的金元宝，正闪着耀眼的光辉；陈旧的柜台里，伙计头戴靛蓝圆帽，专注地兑换着银两，掌柜蓄着胡须，手端水烟，以目观之。

这座建于清道光年间的钱庄，是安徽省保存最完整的古钱庄建筑。它隐于市井之中，历经近二百年的历史，终于又绽放了异彩，为更多的人了解古代存款、放款，兑换钱票、银票提供了鲜活的样本。

傍晚，西下的太阳把光线打在老街肩头，爬子巷、打铜巷、白布大街，半明半晦，静默不语。如织的游人，走进一家家民宿。“燕归处”“37° 客栈”“我的地盘”“西风瘦马”……一个个富有诗意和创意的名字，吸引了游人的目光，也羁绊了他们的脚步。

在市文化旅游局民宿奖补政策的激励下，古老的小巷涌现出一些独具特色的主题民宿，不仅吸引外地游客慕名而来，也成为本地居民周末休闲的好去处。让民宿变身为旅游景点，让游客住在风景里看风景。这，又成了老街一道亮丽的风景。

游人入住其中，就像在家中一样自由快活。放下行李，泡个撒满鲜花和中药的热水澡，换上舒适的鞋子，身心就放

松了。情趣来了，出老街，西拐二百米，就是大型超市，采购了新鲜的食材，在房东的指点下，做几道具有亳州特点的药膳，可真是人生一大享受。

至于亳州老街的夜景，七十二条老街，三十六条古巷，够你逛上一阵子的。不要担心你的游玩会打扰到古城的居民，他们安闲地坐在门口的马扎上，摇着蒲扇，话着家常，脚边盆盆罐罐里，各色花朵葳蕤着，繁茂着……

从老街走过，四季变幻，时段不同，天气不同，领略的风景亦是不同。它像一幅绵长的画卷，跟随着你的脚步，徐徐展开。

从老街走过，带着满满的幸福与感动。眼前的一切都在告诉你：作为一名亳州人多么幸福！且不说亳州是“四大药都”之首，拥有最美的古井贡酒，单就多元的厚重的历史文化，足以让世人顶礼膜拜。

不过，在亳州人眼里，老子、庄子、华佗、曹操，就像是住在隔壁的长者。几千年的历史文化的熏染，已经让老城的每一片青瓦、每一块汉砖、每一位白发老人、每一个垂髫少年，都生出一份安泰与祥和。

2010 年，《CCTV 经济生活大调查》公布：亳州被评为安徽幸福感排名第一的城市。这一点也不让人惊讶，因为亳州人觉得他们一直都生活在幸福之中。

迷人的曹操

文 / 闫红

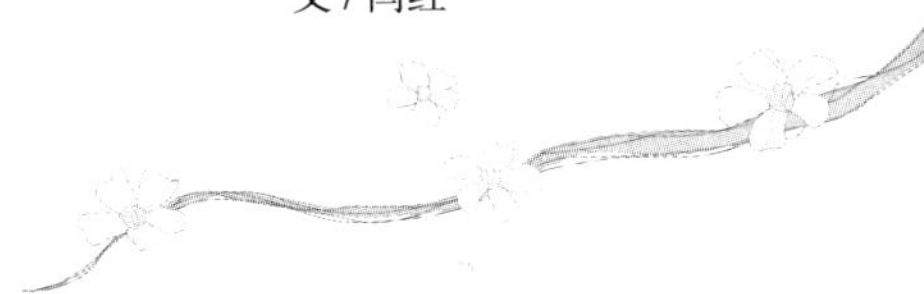

在亳州地下运兵道入口，我的笑容有点尴尬，之前我曾浓墨重彩地跟家里的小学生介绍这运兵道多么酷，既刺激又有古风，“比你去过的迪士尼和环球影城棒多了”。

真到了近前，幽闭恐惧症瞬间发作。十几年前我曾来过，一进去就与世隔绝了，粗糙的古砖封住四周，真是个“喊破喉咙也没用”的所在。偏偏那地道还很长，我一路自问“我为什么要进来”，让同行者好一通哂笑。

好走的路总是容易被忘掉，这么多年，许多花红柳绿的古迹在记忆里渐行渐远，倒是这个运兵道一直让我念念不忘，惦记着再去走一回。到这个五月初，才又得了机缘。

走进去记忆就被复原了，里面多了些灯盏但压迫感如旧，更重要的是那种古旧感，提示着这一切并不像现代建筑那样可控。巷道窄到伸胳膊都难，动辄要弓背弯腰。我自己时刻留意，并不时回头叮嘱比我高出很多的小学生小心碰头，一时间只觉得兵荒马乱，我们像是一对逃亡路上互相拉扯的乱

世母子。

据说这运兵道是曹操修的。亳州是曹操故里，成年后他八次回到这里，或避祸或休整或练兵。这运兵道是为了将城里的兵运出来，再从城门大张旗鼓进去，让暗中窥视的敌人以为他兵多将广，从而不敢轻举妄动。

运兵道是一座建于东汉末年的军事工程总没错。不用梦回三国了，来这儿走一遭，你就能够获得沉浸式体验，在群雄逐鹿的豪阔之外，体验到一个小兵疾行于这地下道里的仓皇。甚至仓皇也是奢侈的，前进就是一切。活着就是一切。地道虽黑，死亡更黑，你要在一种幽暗里跑赢另一种幽暗。

曹操《蒿里行》讲述过那些士卒的际遇："铠甲生虮虱，万姓以死亡。"脱不下的铠甲生了虮虱，所有人都要面对这无差别的死亡。"白骨露於野，千里无鸡鸣""念之断人肠"。我读初中时看到这几句诗，觉得各种违和，心想若不是你图谋汉位，老百姓哪至于这么悲摧，就算你不是始作俑者，你可以跟刘备联手匡扶汉室啊，天下也早就太平了。

休要笑我当时的知识体系一团错乱，正因错乱，才有这么充沛的"正义感"。那个时候，看历史，像是看一个规整的棋盘，总希望把每一颗棋子都摆到应该的位置上。

再长大一点，知道历史的不容假设和神出鬼没，眼光从棋盘上跳出来，把曹操仅仅当成一个人而不是戏台上抹了白粉的反面角色看，倒是越看越顺眼。前段时间请一位日本老师来合肥旅游，爱学习的她在名人馆看到曹操像马上说，我知道，我学过，这是一个坏人。我连忙纠正，不不，曹操不是坏人。当然，我也不是说他是好人，只能说他是一个复杂的人。

"东临碣石，以观沧海。水何澹澹，山岛竦峙。树木丛生，百草丰茂。秋风萧瑟，洪波涌起。日月之行，若出其中。星汉灿烂，若出其里。”透过诗句看诗人，作者曹操是一个孤独者。活在世间，让自己热闹起来固然不易，让自己孤独下来就更难，曹操一生戎马，一世枭雄，可是他的诗里，总有一种一个人立于天地之间的孤独。

面对天高海阔，他浑然忘我，现实人生在另一重空间，他的心情随着眼前这风起云涌荡漾。没有扬扬自得，也不踌躇满志，他是沧海，也是草木，是岛屿，也是星辰，成败得失皆是身外事，这一刻，他与这自然融为一体。有这境界为背景，现实里的征伐也才能举重若轻吧。

《短歌行》里，更能读到他的一份诚挚：“对酒当歌，人生几何。譬如朝露，去日苦多……”人生苦短，要抓紧时间做点什么，所以他等，等志同道合者一同干点大事。“青青子衿，悠悠我心。但为君故，沉吟至今。”这简直是拿生命招揽人才，却又字字句句发自肺腑。

深沉之外，他也是家常的甚至是喜感的。临终前，怕妻妾们寂寞，叮嘱她们闲来可以做鞋子卖，想得未免太周到。他放不下的还有原配丁夫人。当年丁夫人和他怄气回了娘家，他少不得去接，把手搭在丁夫人背上柔声相劝，与寻常夫妻也没什么区别。奈何丁夫人被他伤透了心，不肯回头，曹操怫然而去，两人就此分道扬镳。

临终之前，曹操想起丁夫人，说：“我前后行意，于心未曾有所负也。假令死而有灵，子修若问‘我母所在’，我将何辞以答！”可见对此事耿耿于怀，丁夫人是他总也放不下的良心债。

这样一个曹操，因为真实而丰富，因为丰富而迷人。这

些年，他在大众中的形象也在逐渐扭转。一方面大家更注重史实，另一方面我觉得也因为曹操的话语体系，跟现代人更靠近。

他直面欲望，想要建功立业，他不说虚伪的门面话，能够坦然面对失败。他广受非议的“心机”，在现代社会也逐渐变成一个中性词。在这世间，谁都不是白莲花，名利场上怎么可能有傻白甜？曹操的真性情因此更得好感，形象反转也就不足为奇了。

顺便发散下，共同的话语体系是互相认同的基础。《海上花列传》里，黄翠凤为了挽回情人的心，特地让他看见自己为死去的双亲戴孝，孝女的美德果然换得情人回心转意；但到了《生命中不能承受之轻》里，这一套就不太有效了，萨宾娜的情人弗兰茨也想以孝子的形象赢得萨宾娜更多好感，但作为一个先锋画家，萨宾娜更着迷于精神上的“弑父”，他们之间存在一个“误解小辞典”，对每个词语的理解都不同。

更多现代人对曹操的认可，也许就在于曹操的丰富与开放里更有现代精神，大家用的是一本辞典。

在传说是曹操修筑的运兵道里走着，想想与曹操有关的这些事，运兵道似乎还可以更加深邃，然而眼前忽有一线微光，出口已近在咫尺。整个运兵道长达 8000 米，现在开放的只是很小的一部分，我觉得这很像一个比喻，我对于曹操的了解，也只是这一部分。一方面是阅读的史料有限，另一方面是见识有限。等待着对于运兵道的更多开掘，就像，等待自己在对生命有更多感悟之后，对曹操也能有更多懂得。

作者简介

闫红，新安晚报编辑，“腾讯·大家”人气作家，著有《误读红楼》《诗经往事》《她们谋生亦谋爱》《如果这都不算爱——胡适情事》《我认出许多熟悉的脸》等十余部书。

浮桥（外四首）

文 / 梁平

多年前，
那座铁板连着铁板，
搭起的浮桥，
横跨穿城而过的涡河，
人行桥上，
咚咚作响，
脚踏桥面，
溅起无穷无尽的水波。

见过了很多桥，
浮桥以她的特色度过了沧桑岁月，
她的桥面与水面是那样的近，
稍不留神，
溅起的水花就会湿了行人的脚，
她是那样的简陋，
连接的铁链已经锈迹斑驳，

但她却顽强地浮在水面，
狂风暴雨亦不能将她奈何。

多少个傍晚，
我徜徉在浮桥，
夕阳远眺，
清澈见底的河水，
被染成了红色的波，
桥头的砧板上，
洗衣的姑娘媳妇们传来阵阵欢笑。

不知哪年哪月，
经年的浮桥被拆掉，
从此，
我再也寻她不着，
在那个色彩单调的岁月里，
浮桥像一幅水墨画，
颤动着涡河的柔波，
伴着鱼鹰独舟，
还有孩子们的嬉戏、欢笑，
一并留在记忆的角落……

咏芍

你在五月里绽放，
迎着太阳的光芒，

在春夏交替的季节里，
承载了世间灿烂的芬芳。

遍地耀眼的红光，
给大地披上了锦裳，
微风轻抚的地方，
掀起七彩的波浪。

万亩大地让你成为花的海洋，
四月芬芳的季节，
也不曾见过如此震撼的花场，
因为你的到来不仅仅为了观赏。

秋日收获的季节，
你把精华蓄积到根上，
经过水煎火烤的萃炼，
为世间苍生祛病疗伤。

再见，你这五月的精灵！

——再咏芍花

再见你，
这五月的精灵！
着一身粉红，
伴着暮春的风，
将芬芳放飞在田野中。

那是怎样的红，

铺天盖地，

一直延续到空中，

与天上的云霞连成七彩的虹，

在广袤的田野上，

绘出一幅幅美丽的风景。

夏天的雨竟是这样的无情，

狂风杂着闪电、雷鸣，

雨后，你变成一片片落英，

将美丽深掩入泥土中，

与有缘人道一声，

明年我们还重逢！

古谯游记

三曹故里文旅盛，

八方来客览古风。

建安文学《洛神赋》，

豪情万丈《短歌行》。

文姬归汉说悲愤，

胡笳十八诉离情。

人杰地灵运兵道，

物华天宝华祖庵。

遍种千草医百病，

华佗神医麻沸散。
五禽健体效鹿鸣，
银针千年灸病魔。
花戏楼前驻足观，
精彩纷呈方寸间。
戏文典故五十出，
出出砖雕英雄传。
长坂坡前救幼主，
桃园结义心相连。
龙腾虎跃飞马骏，
松鹤延年莲花山。
穿过正门楼台观，
雕龙画栋彩绘鲜。
二龙戏珠正中屏，
阳春白雪两边悬。
砖雕木雕 3D 绘，
镂空线刻成绝传。
三朝古都名不虚，
夏豫商汤晋时谯。
老子故里道德观，
木兰辞里咏新篇。
历史遗迹飨今人，
文旅昌盛记华年。
生在谯城我辈幸，
辛勤耕耘不负天。

大美，亳州！

亳州，
是镶嵌在皖北广袤平原上的一颗明珠，
承载着悠久的历史文化，
在改革开放四十多年后的今天，
散发着无穷的魅力。

这是一片神奇的土地，
物华天宝、人杰地灵，
建安文学的昌盛是从这里开始的，
逐鹿中原的曹操在这里活动过，
神医华佗麻沸散，
是在这里开始造福人间的。

悠悠的涡河水，
曾经倒映过汤时的明月，
轻抚过汉家的城阙，
滋养了三朝古都厚重的历史文化。
而今，
随着政府管理理念的改变，
这里成了远近闻名的文化旅游胜地，
吸引着南来北往的游客。

曹操地下运兵道是古代军事的奇观，

谯望楼成了三国文化的博物馆，
花戏楼的砖雕彩绘阅尽了历史的沧桑，
山陕会馆的雕栏玉砌见证了多少游子的乡念。

华祖庵，
一代先贤的纪念馆，
悬壶济世的大医风范，
至今仍在亳州的大地蔚然。
而今在这块土地上，
神医华佗的衣钵正被千万后人传承、发展。

读过厚重的历史，
我们来看看这里的今天，
在这片八千多平方公里的土地上，
到处是机器轰鸣、热火朝天，
看，
涡河新起的五座大桥，
像彩虹降落人间，
那遁地而过的隧道似游龙穿山。

穿城而过的宋汤河两岸，
十步一亭，八步一栏，
绿草如茵，
彩道蜿蜒。

林拥城的浩瀚，

超出了想象的空间，
一排排一片片的乔木林，
风姿翩翩，
陵西湖的碧波，
曾醉了多少人的心田，
油木栈道仿佛是西湖的断桥边。

南湖的彩色音乐喷泉呦，
是七彩的虹跃动在凡间，
梁祝传说柔美凄婉，
惊得月亮也露出了悲颜。

立足民生，
让人们充满幸福感，
每个小区都装上双杠吊环。
那雄伟壮观的体育馆，
圆了多少人运动健身的心愿。
遍布城区的游泳池，
是孩子们嬉戏的乐园。

建安文化广场，
是弘扬传统文化的体现，
国医馆、图书馆并肩而立，
是民族文化自尊、自信的旗杆。

老年大学是退休人员的另一个家园，

琴棋诗书画，
舞蹈加动漫，
免费让你重温学生时代的岁月温婉。

啊，朋友！
快到这里看看，
如今的亳州，
到处生机勃勃，春光无限！

作者简介

梁平，安徽亳州人，现供职于中国银行亳州分行，活跃于亳州诗坛，积极从事诗歌创作。

老街在我的血液里流淌

文 / 孙亚楠

星云，是天上的街巷；街巷，是地上的星云。每一个孩子都是在星云里出生的精灵。

“扯罗罗、捞汤汤，谁来了？大姑娘。拿的啥？麦黄杏。撑得小孩撅着腚。”母亲有节奏地轻轻拉扯着孩子稚嫩的双手，每每唱到最后一句的时候，她柔软的双手便会挠向孩子的胳肢窝，随之而来的是孩子一连串风铃般的笑声，北关老街的孩子们就是在这样温暖的午后，茁壮地成长。

我出生在亳州北关老街，这里的每一寸气息都深深地流淌在我的血液里，这里的每一条街巷，也早已汇聚成我的十二经脉。《黄帝内经》曰：“经脉者，所以能决死生，处百病，调虚实，不可不通。”故而，我常常沿老街游走，梳理着自己的每一条经脉。华灯初上，现如今的北关老街游人如鲫，夜景也分外迷人，这里的每一条街巷都蕴含着许许多多的故事，当然，也包括我的。

一、打铜巷

历史往往赋予街巷铜一样的光泽。

亳州城自商汤建都已有三千多年历史，古亳州坐落于涡河两岸，城池街道以大隅首为中心呈四面放射状分布，形成了当时的南、北、东、西四条主街，南北大街分至南北关外，东西大街分至东西门及东西关外。至乾隆五年已形成七十二条街、三十六条巷，北关则为当时的商业区，街巷也多以行业命名，如打铜巷，而在我的童年记忆里，却并非如此。

20 世纪 80 年代，我们这一代人记忆里的打铜巷，最有名的便是小巷正中间那间大大的澡堂。透过澡堂的雾气，我依稀能闻到母亲当年的味道。在那个年代，计划生育盛行，像我们一家有三个孩子的家庭实属少数。母亲一个人带着我们姐弟三人，且不说生活条件有多么的艰苦，单一项洗澡工程，已足以压低母亲单薄的双肩。

母亲找一块稍微宽敞的地方，让我们排排坐好，小弟总是先洗，然后我和大姐轮班看守年幼的弟弟，交替着随母亲下澡堂“蜕皮”。那时候孩子们身上的灰，总是搓掉一层又一层，以至于有一次我竟然问母亲，自己是不是用后院池塘边的泥土捏成的小娃娃，母亲布满了细纹的脸上便露出笑容。

二、洪济桥

有水就有桥，有桥的地方多有传奇。洪济桥不是桥，却并不缺少传奇。

从亳州城门楼西行 100 米，路北有一座青石牌坊，图案雕饰精美绝伦。两旁门柱上雕刻着一副对联“堂店星罗货汇山南海北，客商云集街盈车水马龙”，上方门楣上雕刻着三个醒目的大字——洪济桥。洪济桥之前有桥，后来伴随着这里的神话故事一起消失在了历史的长河里。在洪济桥的西侧，坐落着我们姐弟三个的母校烈小（烈小即是亳州烈军属子弟小学），随着时代的变迁，如今已换了名号。每行至此，我都能寻觅到当年我们姐弟三人朗朗的读书声。

母亲是她们村里为数不多的读书人，她常说只有知识才能改变命运，可命运却和她开了一个玩笑。为了世俗的传宗接代，她意外地生下了我，最后才生下弟弟，就这样，她的正式工作丢了，同时也被我们三个彻底束缚住了手脚，在家庭这个旋涡里愈陷愈深。庆幸的是，大姐成绩优秀，老二我也毫不逊色，我常指着堂屋那面贴满奖状的墙与母亲打趣：“瞧，这可是母亲的半壁江山呢！”母亲总是欣慰地笑。

三、里仁街

人生最大的幸运是得遇芳邻。

里仁街，街名出自《论语》“里仁为美”，意思是居住在有仁德的地方才好。据记载，古时亳州的里仁街曾有药店60余家，宋真宗曾在此地购买过灵芝，而我也恰巧在这里出生。

那是一个收获的季节，父亲做生意常年在外。这不，刚入八月，怀着我的母亲便早早地住进了里仁街里的妇产医院。她是一个聪慧的女人，担心自己分娩时父亲不能及时赶往家中。都说女人的直觉往往很灵验，果不其然，父亲这一去便是数月之久，归来时，我们母女早已平安回家。

每每途经此处，我都能看到一位伟大的母亲，独自一人承受生产时的剧痛和产子后的喜悦。那疼痛与喜悦撞击的涟漪，在我的心底激荡，久久不能平复。

四、南京巷

南京，不只是地名，在一定程度上也是繁华的象征。在中国，几乎每一座城市都有一片街区，被誉为“小南京”。

南京巷曾是一条富庶的街道，这里坐落着大小钱庄十余个，现如今保存最完整的古钱庄建筑便是南京巷钱庄了。钱庄是以货币为经营对象的民间金融机构，南京巷钱庄旧址始建于清道光五年，是“日升昌”票号在亳州的分号，而我童年最好的玩伴便居住于此。

“太阳当空照，花儿对我笑，小鸟说早早早，你为什么背上小书包……”孩子们结伴而行，时不时传来一阵欢声笑语，我们背着小书包，手拉着手穿过每一条小巷。放学后，几个玩伴便会聚集在南京巷钱庄里的玩伴家中写作业，一张窄窄的条形桌上挤出几个小脑袋，手里的铅笔头在作业纸上“自由驰骋”。傍晚时分，完成作业的几个丫头总会嬉闹一会儿，然后准时各自回家。

现如今我的这些童年玩伴们个个都生活富足，我想除了和自己的努力分不开外，或许也沾染了丁点儿钱庄的福气吧！

巷子这样一种空间，除了装载人和草木，也装载千百年来的风雨和故事。巷子里收纳的点点滴滴，好似祖母的针线簸箩，总有时光的针，情感的线，串接出素年锦里难以割舍的过往，还有那一回头、一转身，某个经年的桥段，总在熟悉的街角，蹿出来，挠你回忆的痒。

作者简介

孙亚楠，笔名楠木。安徽省作家协会会员，谯城区作家协会副秘书长。偶写散文、诗歌，作品散见于各报刊。

记忆深处的老街

文 / 陈丽芳

我关于老街的记忆，有三四十年之久了。

小学四年级时我九岁，住大牛市，每天上学，穿过城门楼，向南经过商店夹道的青石路，就拐进了北门大街，走不了多远就到了夏侯学校。大街上有家照相馆，我们四个小伙伴小学毕业时去照了几张合影。看看那时，每个人都已初具长大以后的风采，眼睛里透出的个性，甚至几十年都没有变化。放学路上的各种游戏，都记得不太清楚了，唯路边人家养鸟，啼叫婉转，时常叫人驻足。

后来北门口城门楼前的广场中心竖立了一尊华佗像，白衣飘飘，仙风道骨。现在他依然矗立在那里，却被披上了金黄的披风，看着总有那么一点点恶俗。从华佗像向东不远处是文化馆，一座老四合院式的建筑，黑漆门楼下方设有很高的门槛，小时候的我需要抬高了腿才能迈过去。进门是一座影壁，上面画着山水画，四面的房屋都很高，门前有檐廊，用大圆柱子支撑着，屋内挂满了名家书画作品，最多的是颜语老先生的，还有一些是罗舒庭的。少年懵懂的我们，经常在晚上去那里玩“藏妈屋”（躲猫猫），去看这些书画，那时没有条件也没有意识去拜师学习，但也算是受到了一点点艺术的熏陶。

城门楼往北，是白布大街，也是当时最繁华的商业街了。然而第一座建筑却是图书馆。木漆大门朝大街向西开，门上有高高的徽派门楼子，进去是一个院子和一座二层小楼，那时候人小，就觉得楼很大，简直就是我的宝库和乐园。

图书馆可以借书回家看，也可以在阅览室里看报纸杂志，我经常放学后就钻在里面占据好位子，先把作业做完，就开始看文学杂志。初中的时候，《清明》《十月》《收获》这些杂志，让我沉浸在文学的海洋里如饥似渴，几乎每期都不放过。莫言的《蛙》、张贤亮的《绿化树》《男人的一半是女人》、铁凝的《麦秸垛》，等等，王安忆、冯骥才、王蒙等一长串的名字，我都能如数家珍，就连顾城、北岛、梁小斌等人的朦胧诗我都读得懂。

都说少年读书，如隙中窥月，的确我也没能完全领略书中的意义，不求甚解，更不懂得批判性地读书，常常精华糟粕照单全收。然而好处是语文成绩好了，作文常常出彩，坏处是性格有点忧郁了，眼睛高度近视了。

我在那里借阅了许多古今中外的名著，曾几乎一口气读完巴尔扎克《人间喜剧》。图书馆的院子里，有一个四方的水泥石板覆盖的洞口，据说是曹操运兵道的另一个出口。我和小伙伴常常在上面蹦跳，想打开进去看看，又十分害怕里面会藏着什么，至今未曾探秘，每每想到都略觉得遗憾。但有时想想，遗憾也有遗憾的好处，有了遗憾就会一直惦念，所

以，老街在我的记忆里一直占据很大的空间，并时常忆起。

回故乡的五年来，老街一直在变化，如今经过修整和文化开发，新铺的石板路干净平整。北门大街还是照旧，有高低错落的屋檐，勾勒出小巷不规则的蓝天，家家门前都挂串红灯笼，傍晚时分灯影幢幢，迷离多姿，颇有几分秦淮河畔的姿色。

向北去的白布大街、洪济桥一直到爬子巷也都修整一新，开始了由老旧居民区向文化旅游地的蜕变，虽然难再复原我记忆中的古城风韵，但是不管是现在，还是未来，依然是值得去走一走、看一看的好地方。

作者简介

陈丽芳，资深媒体人，主任编辑。历任芜湖广播电视报编辑部主任、芜湖市广播电视局、台总编室副主任、芜湖新闻综合广播总监。现任亳芜现代产业园区劳动保障局局长。

最爱亳州这人间烟火味

文 / 王素云

22 岁那年，我第一次踏进了亳州的土地。和多数亳州以外的人一样，在这以前，我见到过古井贡酒的包装箱子上有这个地名，总是将它读成“毫”县，直到被一个老亳县人纠正之后，才认识这个“亳”字。

对，二十几年前，亳州还叫亳县，那时这里还没有火车。从阜阳通往亳县的长途汽车，行进在坑洼不平的 105 国道上，腰椎感受着汽车轮胎落到低洼处再翻上高坡那不规则的颠簸。时速 40 千米左右的汽车，出了阜阳，大约四个小时，才让我看到了地理上的亳县。

或许是命中注定，第一次踏进亳县的时候，105 国道正在修路，黄色黏土混合着石灰铺上路面，冲击式压路机或者液压夯实机轰隆隆地从上面碾平，天上飘着丝丝点点的小雨，我和同行的人说：“有缘分呢，我们第一次来这里，亳县用‘黄土垫道，净水泼街’来迎接，莫非是要留我们在这里，倾尽所有来报答她？”

没想到，一语成谶，这一来，就再也没有离开。

工作生活在亳州二十几年了，渐渐地也成了老亳州，也常常会给人说着“亳”与“毫”的差别。近两年，不停地有小学、中学或者大学同学组队来亳州旅游，亲戚朋友也来过几拨，当然，他们来到亳州，必定要我做全程的导游。无论是同学还是亲戚朋友，到了这里，常常问我这样的话：“你最爱亳州的什么？”

说实话，生活在亳州这么多年了，亳州已经成了我的第二故乡。我最爱亳州的什么呢？这句话让我思考了许久，是她旷远悠久的历史，还是灿若星辰的名人？是名动天下的古迹，还是让人口齿留香的小吃？

这些我都爱，但我最爱的还是老城的人间烟火味。

就像亳州的那些老街道，你看看它们的名字：牛市街、席市、爬子巷、帽铺街、姜麻市、纸坊街、干鱼市、打铜巷、竹货街……这些名字一点也不文雅，一点也不书面，一点也不讲究，就像一个长得质朴的白面馒头，虽不美观，却实实在在能让人吃饱肚子。

可不是吗，南来北往的商船，从历史的隧道里层层叠叠地开进亳州城，他们把船上的商品卸下来，再把需要的商品装上船运走，经营哪一种商品，就径直去到哪条街。早在明清时期，商品经济在亳州已经发展到相当高的程度，这些街道都是专市贸易的遗产，买羊去羊市，运来瓷器送到瓷器街，还有花市街、熟皮街、猪市街、马厂街……总有一条街适合你。这些一点也不美丽的街道名字，带着容易让人亲近的人间烟火味道，总能让人流连徜徉其中，仿佛是听一曲从深街古巷流淌出来的岁月老歌。

我看过许多古镇风景，一些装修十分精美的街道两旁，店铺里有南腔北调的叫卖声。我知道，这些古镇不过是个旅游景点，承租店铺的是各地生意人，用今天的技术和财力，来修建一座“古城”，真是轻而易举的事。

亳州的老城，却不是。

无数次走在亳州老城的街巷里，经过岁月风化后的老砖墙，细数蝴蝶瓦屋顶上长出的青草，听门店里的商户用地道的方言说着近来的新鲜事。门面的房子普遍进室不深，随意走近一家门口，倚在大门外面，也许就能看到女主人熟练地揉着面团，在做一家人团圆的饺子。如果你问她住在这里多少年了，她多数会回答：“不知道。”然后她会告诉你原因：从太爷爷那辈子就在这里住了，哪记得多少年了！在白布大街的一家店里，我这样问过一个女店主，得到的答案是：她家已经住在这里六代人了！

不是为了旅游搬迁而来的人口，老街里的住户是老家老户亳州人，他们居住在真正的老房子里。亳州街巷的芳华里，都是他们真实的生活场景，有母慈子孝的传说，有家和万事兴的典范。

晚饭后在亳州老街散步，街上有老人搬了凳子坐到门前，用地道的方言唠嗑；有孩子在窄窄的街道上拿出现代的玩具玩耍；有人家刚刚炒过菜，飘出炒熟的蒜香；有行人背着双肩包，不紧不慢地走着……

街灯亮起，迷蒙的红光洒在老人的头上，跳跃在孩子的脸上，停留在老街人家的房门外，飘落在行人的影子上，宁静而安详的气氛，闲适又从容的格调，从黛色的街道荡漾开去。

这就是我的最爱，带着人间烟火味道的古城亳州！

作者简介

王素云，笔名淮水瓜农，中学高级教师，作品有网络长篇小说《天涯楚囚》《亳地蒿生》等。

一座发光的城

文 / 宋卉

晚上，我们吃完饭从大飨堂出来，一脚踏上白布大街，有恍若隔世的感觉。老街幽深，石板路明亮如镜面，两旁古旧建筑静默，家家户户雕花的木门、木窗或开或关，诉说着故事。悬挂于屋檐下的一串串灯笼照着老街，照着打铜铺子、点心铺子、酱菜园子，照着来来往往行人的脸。灯下的一切似乎都在发光、神秘、幽寂，宛若梦境。

突然就想起，脚下这条街，周围纵横的巷，这一片明亮的世界，不就是我童年时遥望的城吗？

我的童年是在乡下度过的。那时，乡村的夜晚总是来得很早。鸟儿闭上嘴巴栖息在竹园，暮色把村子收进一个巨大的黑粗布包裹。孩子们什么都不管，在村头的打麦场上玩。东方遥远的天际有一片亮光渐渐明晰，像是有太阳将要从那里升起，但，毕竟太阳刚刚从西边落下去。我陷入遐思，那片亮光是什么？

直到有一年麦收，心中的疑团才有了答案。

那天后半夜，我们姐妹在熟睡中被母亲喊醒，麦子熟了，一场午收在即。磨好的镰刀整齐地码在藤条篮子里，竹园里的鸟儿发出稀疏、间断的低鸣，偶有布谷鸟“布谷布谷，豌豆饱鼓”的叫声响彻夜空，水鹳子不时地重复声调上扬的单音节。“水鹳子叫三声，不是雨就是风。”这是在催我们抓紧抢收。

我们走出村子，走向麦田。那片亮光赫然呈现在东边天际。我问母亲：“那片亮光是啥，那么亮？”

母亲告诉我，那是亳州城。城里家家户户都用电灯照明。城里有七十二条街三十六道巷，大街小巷都有路灯。城里还有霓虹灯，发出七彩的光，照得大楼、街道、路上的车辆都成彩色……

我怕黑，夜晚跟母亲在如豆的煤油灯下看书还好，倘若出门，常常被黑暗里的些微动静吓得魂飞魄散。想象着母亲描述的发光的亳州，城里的灯光，心里有无限向往：要是能住在彩色的、明亮的亳州城里，该有多幸福啊！

父亲早年去当兵，转业时选择留在了外地。婚后多年，母亲往返于那个遥远的繁华城市和这个偏僻的村庄之间。她是见识过城市光亮的人，她坚定地认为，子女必须与她不同——不能像邻家孩子一样从小文盲，少年成婚，终生蹉跎；不能面朝黄土背朝天，土里刨食一辈子。她的孩子要读书考学，到城市里工作、生活。于是，她带头努力，没日没夜种地、教书、养育孩子、进修师范。在无限疲累的农事劳作之余，在昏黄的煤油灯下，她读书学习，也带我们读书学习。

后来，母亲通过考试从民办教师转成了公办教师。她把我们姐弟送出村庄，送到集镇上学，送到城市读书，后来我们有了工作，成了吃公家饭的人。

我的工作经历是曲折的，先是被分配到镇政府工作。在乡镇事业单位机构改革中又被分流，只好努力复习高中课程，参加转岗考试，以全区第二名的成绩考进了教师队伍。几年之后，随着城市化建设的发展，城区学校教师缺编，我又通过考试从农村选调进城区小学任教。平时努力教学，业余读书写稿，参加社会活动，兼职进修学校讲师，成了安居乐业的“城里人”。随着城市的发展变化，我不断努力着、奋斗着，在忙碌中收获着幸福和满足。

此时，老街沐浴在灯光里，城市沐浴在灯光里。我在如昼的夜晚，在明亮的老街，在这座发光的城市里驻足，心想：如果每个人都努力发出自己的光芒，朝着梦想去奋斗，我们的城市，我们的家园也就会变得更加亮堂，更加美好。

作者简介

宋卉，高级教师，安徽省作家协会会员，亳州市作家协会理事，谯城区作家协会副主席，谯城区政协文史研究员。多篇散文、诗歌、小说等文学作品发表于省市级报刊。编辑出版了《谯城地名故事》《河流与乡村》等文集。

花木兰的故里

文 / 范秋荣

陈晓卿说："每个人的肠胃实际上都有一扇门，而钥匙正是童年时期父母长辈给你的食物编码。"无论我们漂泊到哪里，一旦味觉记忆被唤醒，乡愁就像开闸的洪流一样汹涌而出。

而对于在上海做药材生意的李先生来说，回忆故乡亳州的味道，是带着牛肉馍和药香的味道；对于在徽商银行亳州分行任职六年的王素云行长来说，作为异乡人回忆在亳州工作六年的经历，最深刻的感受是华佗五禽戏的神奇；对于回乡创业某知名饮片厂的药企董事长黄先生来说，无论身在何处，他日益充满内心的乡愁是故乡的厨房里升腾的烟雾，是母亲锅里的一碗手擀面，是端放在桌子中间的一盆飘着清香的荆芥黄瓜汤。

毋庸置疑，亳州是一座冒着烟火气的城。

一、一座冒着烟火气的城

亳州有着 3700 多年的历史，拥有丰富的饮食文化。美味实惠的小吃品种繁多，著名的小吃有牛肉馍锅盔、绿豆粉皮、麻糊汤、油炸馍等。

前不久在合肥，离出发新疆还有三天，我又一次突发急性胃炎。胃痛又呕吐不止，两天未进食，老公问我想吃点什么，我说最想喝的就是亳州的麻糊汤，那一刻我无比地思念亳州：细细回味一碗冒着热气的暖胃的麻糊汤，然后把上面细碎的咸菜和黄豆用勺子搅拌一下，那种甜甜的味道回味无穷，我的胃开始在回味中有了知觉。这些年在亳州胃炎时常发生，在经历无数次的折腾之后，去一个离自己最近的小吃店，喝碗热的麻糊汤对于我来说胜于任何良药，从此我的胃跟麻糊汤结了缘。我喜欢它的清淡，17 年来它成为在亳州我最爱的小吃，一碗麻糊汤一笼素饺成为绝配，素饺皮薄馅多，里面的配料也很精致，有粉丝、豆芽、也有五香配料，好像小时候家里的味道。

我们总是不舍昼夜地奔向所谓的热忱梦想。可是无论在哪里，蓦然回首才发现，所有深刻的泛黄的记忆，亲朋好友的聚合离散，都跟一个城市有关。每个人心中都有一座城，一个舌尖上流淌的故事，这座城都让我们的人生之旅变得特殊而又平凡。

每年春节，旅居上海的李先生的亲戚们会从家乡亳州寄到上海几斤牛肉馍。李先生一家人欢喜地打开，用剪刀剪去了塑料包装，牛肉馍放在泛光的瓷盘子里，经过微波炉加热，整个屋里都弥漫着一股香葱和牛肉混合的特殊的味道，妻子早已经把几颗蒜瓣放在餐桌上，几双筷子一起动手，一会儿盘子里的牛肉馍一扫而光。一盘牛肉馍成了李先生舌尖的最爱，也勾起了他无限的乡愁。

王素云女士回合肥总行工作以后，每天坚持通过五禽戏锻炼，她说感谢五禽戏的传人周金钟夫妇的帮助。在亳州工作的几年，压力太大，身体出现了劳累过度，脸上长斑，到处去找医院看，也没看好。有人向她介绍了五禽戏教练周金钟先生，她开始迷恋上了五禽戏。五禽戏让她的身体得以恢复健康，脸上的斑没了，工作干得风生水起。她有几次劝我要练习五禽戏，因为看着复杂，我望而却步。

回乡创业的黄先生，16 岁离开家乡，到全国各地推销自己家乡地道的中药材，40 岁以后，成为亳州百名成功药商之一，经过多年打拼，在北京、广州、东北等地有了自己的企业。亳州市政府的招商政策使他又重回到故土，他说回到家乡有一种安全感，黄瓜全国各地餐桌上都有，而荆芥是亳州城特有的味道。

亳州的五月是芍花盛开的季节，百万亩芍花处处绽放，让无数游人沉醉不知归途。黄先生告诉我，他的芍花基地就有几十万亩地，他承包了家乡大部分的土地，家乡的邻居们也成了他企业的员工。母亲虽然已经步履蹒跚，但是每每看到儿子回家都会亲自下厨做一碗手擀面，然后跑到自己家的菜地里拔几棵荆芥，烧一盆荆芥黄瓜汤。

亳州六月的一天清晨，我在南湖的公园里散步，一个白须飘飘的老者带着一群人锻炼身体，一招一式都很传神，练的就是华佗发明的健身的五禽戏。五禽戏由东汉神医华佗创编，又称“华佗五禽戏”，至今已经有 1800 多年的历史。1800 多年来，在华佗家乡亳州，五禽戏被代代传承。五禽戏是一种模仿虎、鹿、熊、猿、鸟的导引术，可以舒展筋骨、调理脾胃等。如今在亳州，五禽戏习练者已经达 100 多万人，王素云行长便是其中受益的一个。

二、木兰故里春风行

很多人都知道亳州是历史文化名城，盛产白芍、亳桑皮、亳菊花等中药材，是全球最大的中药材集散中心，享有“中华药都”的美誉。亳州的知名旅游景点为曹操地下运兵道、华佗纪念馆、花戏楼、古井贡酒博物馆，等等，同时也知道亳州是曹操、华佗故里，可能还有不少人不知道亳州也是花木兰的故乡。

那就从这次亳州市妇联和亳州晚报社举办“木兰故里春风行”活动开始吧！亳州市木兰文化研究会成立不到一年，承办了此次重大的文化旅游活动，邀请了我省十几位知名的作家到亳州采风，行走亳州，书写亳州。

这次活动收获颇丰，两天的时间虽短，亳州的烟火味还不能让作家们完全体会到亳州城之美，但是许辉、闫红、钱红丽、苗秀侠、马丽春等十几位作家们都为药都留下了精彩篇章。如今在亳州被冷落的木兰祠，这次活动也没有列入参观的计划，因为我们总想着把亳州最美的一面展现给作家们，可是这成为我心底的一丝遗憾。

回忆着去年春天清明节前往木兰祠参观的情境，我的心里一直被震撼着。英武的木兰雕塑下，垃圾遍地，野草丛生，鸡鸭成群，野狗在不远处栖息，一片冷清——我们女性的代表被歌颂了千年，境遇却与曹操的差距如此之大。“难道亳州是一个重男轻女的城市？”一个文友还开着玩笑说。同行的文友们、女企业家姐妹们不仅议论纷纷，而且每个人都因此景感到了说不出的委屈。作为在亳州媒体工作 17 年的我，竟

然也是第一次来到木兰祠，第一次知道了木兰祠的具体位置。站在花木兰雕塑的脚下，心里五味杂陈，花木兰替父从军的故事妇孺皆知，她的精神是属于世界的，她鼓励了很多优秀女性自尊、自强不息，木兰祠是值得瞻仰的，她甚至也应该成为孩子们的教育基地，我们应该为她做点什么。

在一个春风迎面的黄昏，我们几个热爱文学的姐妹们手捧鲜花，心怀赤诚，在市妇联戴爱霞主席的带领下，一起拜访了亳州当地研究花木兰的文化名人李绍义老师。李绍义老师当时正在吃晚饭，对于大家的到来非常高兴。戴主席说明来意，他放下了端在手里的冒着热气的碗，热情地跟姐妹们介绍了他对花木兰历史的研究成果。

三、花木兰是亳州的

“花木兰是亳州的！”李老师的家住的是学校的老房子，老房子的灯光很暗，但是李老师的这句话却铿锵有力。无论别的城市拿花木兰做了多少文章，全国有多少讨论，李绍义老师都肯定了自己的说法，他出的书名为《木兰考》，他的书里提供了充足的证据。

木兰墓自古有之，而且比现在的规模大得多。据古《亳州志》记载：“木兰，一名花弧，魏姓，谯郡（今亳州）城东魏村人。”

据当地人介绍，原先的木兰墓，高约两丈，周遭百步，古木参天，森威壮观，名魏孤堆，历传为花木兰之墓。不料 20 世纪“大跃进”中，坟冢因被周围群众拉土填坑、建房、修路而夷为平地。1980 年年末，亳州市委、市政府根据“酒乡药都烟桐地，商业轻工旅游城”的规划，决定修复木兰墓。

经勘测木兰墓是一座砖石结构的汉墓，墓门朝东，墓区建筑范围直径约 15 米。墓顶已大部分坍塌，最高顶部建筑离地面不足 3 米，最深底部建筑离地面 6 米余，估计墓室高度 2 米余。不久，政府又在木兰墓址征了二亩九分地，请当地干部群众重新拉土把木兰墓垒了起来。

李老师这些年查询了所有资料，无数遍重复着“木兰是亳州人”的这句话，古代国家级志书《大明一统志》有载，《大清一统志》有载，有《颍州府志》《凤阳府志》《保定府志》为证，更有古《亳州志》、河北省古《完县志》为证。尤为重要的，木兰戍边之地，燕山南麓的古曲逆县（后改名完县，今名顺平县），那里的县志、府志、碑志都明明白白地记载着木兰是亳州人。

离开李老师家时，已是万家灯火。

这个夏天我去了一趟安徽省名人馆，花木兰依然在亳州的区域里等待着我。

那一刻，我笑了，时光不老，英雄还在。

作者简介

范秋荣，安徽省作家协会会员，亳州市木兰文化研究会会长，媒体人，生命修行者，曾出版《我想要绽放的生命》《我本行者》等文学作品。

再识亳州

文 / 高芳

2000 年 5 月，车子行驶在开满桐花的 307 省道。第一次来亳州，既新奇又向往，便把对亳州的点滴见闻记录在《初识亳州》的一篇小文里。转眼 19 年后，又把家的触角延伸到这里，一切刚好，道法自然。

近 20 年发展的亳州，不断地长大长壮。南湖以南，北城以北，道路干净整洁，路况秩序井然，公园亭台雅栏，河岸扶风柳垂。贯通涡河的城市水系，丰满了陵西湖的碧波荡漾，丰润了南湖水秀的梦幻唯美。随着北城与 311 国道的衔接，南部商合杭高铁站经济圈也逐步成型。城市发展没有最南，只有更南，没有最北，只有更北。

醉人的亳州花海，按季节次第开放。二月十九里梨花带雨，三月五马桃花迎春，五月大周万亩芍药花壮观，六月十河十里荷花惊艳，九月亳菊花开满城，冬月天雪素装老屋……这些五色奇花，似华祖庵仙池里翩翩起舞的药仙子，纳神草之灵气，充盈着家乡的中草药市场，流溢于江河南北，成为治愈和呵护你我健康的养生“鸡汤”。到了腊月，爹娘牵挂的肉香年味遥向远方，儿孙们的嗅觉灵得很，千里万里一窝蜂奔家而来，把原汁原味的亲情斟入古井原浆里，由嘴入心。又在来年春月，把这传酿带向四面八方，在那里生根发芽开花，结成白花花的银子，成就地方利税大户，力助家乡繁荣发展成长，惠及民计民生。

也不知从什么时候起，魏武大道上行驶的大巴车多了，车牌号鲁豫皖浙沪、京粤晋蒙甘，各地都有。车窗内一双双飞出的眼睛，远远来看我们的风景——其实，我看他们也是风景。

此时，风清正明，客来这里，是不是和我一样，最爱的还是亳州老街那古味？

在新奇、幽闭、潮凉的刺激中，跨入千年前的时空暗道，一名曹操手下的小卒，正猫步急行在低矮狭窄的空间里，这时，你窥视他的眼神和他惊恐的眼神撞在了一起，即刻让人毛骨悚然。这就是位于亳州城制高点的大隅首，谯望楼下面的曹操地下运兵道。传说，曹操修筑此道，借此以少胜多迷惑了对手，获得了喘息之力。为他以后的鼎分天下保全了实力，也为后人留下了“除却此处无他处”的地下8000米“长城”。

穿越亳州厚厚的老城门，一条东西走向的和平路横在眼前，跨过路继续北行，便到了北关的明清老街，她背依涡河、耸肩沿河而立。

想当年，北关老街是怎样的一番热闹。

白布大街、打铜巷、竹货街、爬子巷、筛子市、牛市、花子街以及南京巷、里仁街、老砖街，等等。如今这些纵横交错的老街，还是明清时期的布局，其中，白布大街因其店

铺林立的老字号招牌，还有连接老城和老街的枢纽位置，人气儿十足。

近些年，谯城区政府本着“修旧如旧”的原则，为老街修铺了青石板路面，保留了老街店铺的黑门白封板、砖雕、石雕、瓦当、牛角弯梁等建筑老构件，又对老街百姓关心的水、电、公共卫生、消防设施做了改造。随着亳州旅游业的发展，好多年轻人也爱上了这里的老物件，咖啡、健身、美容养生之类的时尚元素也在老街里应运而生。如今的老街，干净素朴、率真个性、怀旧趣味。除再现了明清时期的青砖黛瓦，更令今时古色生香。老街里的老主人，大都是祖祖辈辈几代人都在这里生活的，在上辈人留下的地盘里，与世无争安享着悠悠慢光阴的眷顾。

老街西北方向的花戏楼，以其美轮美奂的姿态浸润涡河之水而生。她精湛的微雕艺术、建筑与雕刻的巧夺天工，工匠与造诣的完美结合，艳丽夺目的色彩，让无数来此观光的游客惊叹。

出花戏楼东门，流连踱步，但见高墙深院，朱漆大门。岁月沙漏下的象征身份的抱鼓石，列队门之两边，赫赫彰显门第生辉。高高斑驳的墙壁上，留下的几对锈蚀的拴马环，让你想象屋外高头大马正在马厩里吃草，门内客随主便正在东家客厅里推盅送盏。当不满足想象的局限，想以实物印证自己有多大的偏差时，南京巷钱庄来到你眼前，用经济和实力为你复原了商贸曾经的繁荣与过往。于是，你又重新打开想象的大门，继续以实物去对应先人的生活起居、交往方式、收入来源、场面应酬、面子里子……

忙碌半天的这些商贾们，饭后稍微小息，只听花戏楼锣鼓家什铿锵起来。好客的晋商，邀约远来的生意合伙客人在两侧高楼包厢娱乐会所里相坐，清茶果蔬飘香，相互寒暄。台上，或一场武斗戏曲决战正欢，或凄美煽情的悲欢离合上演。都说商场如战场，看看花戏楼戏台顶端，木雕的十八出三国戏文，便猜测演绎最多的，恐怕还是三国逐鹿中原、雄争天下的故事。善恶黑白、礼仪仁慈的人性在台上碰撞，影射着台下听戏人各自的内心。这个烙在时间里的花戏楼，是亳州明清繁荣时期市井风物所在的最好见证者。

落日余晖中，两三米宽的小巷两旁高高挂起的灯笼开始绚红起来，刹那间，红光满街，幽幽的小巷变得灵动可爱。人在里面，现实与古老，有了穿越之美。

红光下，那闪烁银光的民宿招牌告诉你，你已累了，该歇歇脚了。只是我不知道，这民宿里，是否还留有明清客栈的痕迹?

且进去看看吧!

作者简介

高芳，笔名高云，安徽省作家协会会员。散文《触摸涡河》获亳州市建市15周年征文奖，曾出版诗歌散文集《触摸涡河》。

玫瑰花茶（外一首）

——品亳州花茶有感

文 / 杨莹莹

摘下第一朵玫瑰
裹在我的柔情里风干
这样便不会飘零人间
就让它
在水中燃烧吧
曼舞婆娑
千回百转
再一次绽放着
风花雪月的缠绵
茶香缭绕的云烟
铺下了地久天长的诗篇
折一叶清凉的绝句
与明月共品相思缱绻
我

躲在一盏茶里闭关
里面
挤满了你的名字
千千万万
就这样
宿眠在你的杯盏
茶香四溢
在每一个黑夜白天

浅唱亳州药都相思曲
（内含 26 种草药名）

迎春时节
赊来桑田种满红豆
疯长在半夏的诗行
可解我
梦里的牵挂
眉间朱砂一点红
是否已烙印在你心头

见愁
最是使君一别后
向前百步
望断天涯处
光阴瘦成白纸
合情草凝露

丁香空结万千愁
相思却更比莲心苦
尝遍五味子
丹参也无济

怎可忘忧
沉香
燃不尽惆怅
弦音六曲续断离伤
空对天南星
奈何
奈何
回乡当归是几时
不为金银珍珠赠
同斟合欢酒

二十六种中药名：

迎春花，红豆，半夏，朱砂，一点红，见愁，使君子，向前，百步（百部），白纸（白芷），合情草，甘露子，丁香，莲心，五味子，丹参，忘忧草，沉香，六曲，续断，天南星，回乡（茴香），当归，金银花，珍珠，合欢。

作者简介

杨莹莹，文学爱好者，蒙城全民阅读协会会长，蒙城木兰分会副会长，中华诗词学会会员，中国楹联学会会员，亳州市作协会员，作品散见于各类网络平台和期刊。

记忆，在老街的足迹里起伏

文 / 张春霞

梦里始终有座浮桥，铁锁链扶手，木板连成的桥面在涡河上晃悠。悠远绵长的小巷，闪着清辉的石板路，灰色的古建筑，混杂着竹篾的清香，混杂着铜器的浑厚混响，都在梦里悠扬。

跟随当代的“木兰”们再次踏上这片熟悉的土地，寻梦于充满古城气息的老街“八步六巷”。白布大街、竹货街、爬子巷、打铜巷……质朴熟悉的街道名，唤醒了封存记忆中的石板路。二十多年前在此求学时用脚步丈量的地方，像脚下的青石板一样泛着通透的光泽。

老街变化大。后面涡河上的浮桥早已不复存在，取而代之的是连接两岸的一条充满现代气息的“灵津渡大桥”。南桥头的剧院也不见了踪影。可我分明记得在那座剧院里，学校组织离开家乡的我们观看电影《妈妈再爱我一次》，剧院里先是一片啜泣声，而后有人失声痛哭的场景。如今，河南河北灵津渡大桥一桥横跨，畅通新华路，昔日的剧院只能在记忆中造访了。我思忖着，白布大街那拖着长长亳地口音的叫卖声还在吗？那坑坑洼洼，缺着角的石板路还记录着古老的故事吗？

华灯初上，亳州老街的灯亮了起来。二层小楼的街道两边挂满红色的灯笼，光影投射在一块块齐整的青石板上，闪着两条红色的长长灯带。记忆中浮现着陈旧色彩的小巷不见了，改造后的老街铺面更整齐，“老街·紫檀”“亳是厚”“青龍號銅鋪”……铺面的名字更具古色古香气息。外地游人很多，举着小旗的导游在讲述着老街的故事……

记忆中的竹器铺还在，竹篮、竹匾、竹铲、竹椅，竹子的鸟笼、竹子的痒痒挠、竹子的凉席……竹制的器具堆在铺子里，散发着竹子的清香，在老街狭长的街道里飘散。

老街人悠闲。上了年纪的老人傍晚躺在竹椅上摇晃着，铺子旁挂了鸟笼，鸟在笼中啼唱，老人在摇着过往。有的铺子旁摆着小桌，几个老人穿着白背心、大裤衩，坐在矮凳上下棋。铺面后面通往住宅的狭长过道里，种着各种花草，繁密的叶花，把过道演绎得风生水起。慢生活，老时光，闪着清辉的石板路，灰色的古建筑，都凝聚着西皮二黄的慢板，把气韵融进老街人慢条斯理的语调、悠闲的步态里。

“青龍號銅鋪”还没关门。小店内摆满了各类铜器，正对门墙上挂着“市级非物质文化遗产”牌子，还挂着祖辈们打铜的照片。一屋子的铜器制品闪着厚重的光泽。店主李绍武是老街的打铜匠，从爷爷开始，到他已经是第三代传人了。老李的孩子们嫌打铜挣钱少，根本不愿接手这个活计，只有李绍武还守着祖上的产业舍不得丢弃。百年的手艺无人继承即将失传，李绍武已成为老街“最后的打铜匠”，苦苦坚守着阵地。

这条明清时期从早到晚叮叮当当敲打个不停的打铜巷，40多家铜铺已所剩无几。打铜技艺即将从历史的长河里消失。或许以后人们再提起亳州打铜巷，提起“青龍號銅鋪”，只能从导游嘴里、从墙上的一张张照片知道李家打铜的故事了。

经济的发展让昔日繁华热闹的手工技艺市场一去不返，有些技艺因后继无人已逐步淡出人们的视野，仅存的一些手工技艺也濒临失传的边缘。

关于亳州旧城老街的记忆正逐步遗忘，街上的“民宿”和“非遗体验中心”提醒着我，这里已成为“怀旧”情怀的所在。历史的书页翻过，再掀开亳州，描眉画眼，略施粉黛，“三朝古都”厚重的历史气息里，混合着现代文明城市的清香，像过堂风，在古城的小巷里穿行、游走。

作者简介

张春霞，亳州市作家协会会员，蒙城作家协会秘书长。作品多发表于报刊杂志等。

一座城做了亳州

文 / 齐杰英

一座 3000 多年的文化古城做了亳州，是值得我们去探寻的。

一、曹操故里有一座地下长城

2019年5月11日、12日，是亳州木兰故里春风行的日子。“来亳州曹操故里，参观的第一站必须是被称为‘地下长城’的曹操运兵道。”踩着导游拉长的声音我们已进入运兵道内。

全长 8000 多米，穹顶弧形。有各种迂回、穿插、蜿蜒的通道，窄处仅容一人通过。似听到飒飒的脚踏声，轰隆的鼓声，逐鹿中原的喧嚣声。幽凉地延伸向东、西、南、北四个道口。拐角处，站着，转身摄影留念竟不得；俯下身，突然，镜头里万道土黄的光线直戳过来射向绵延的远方，脚下有伏地而起的风掠过——他目光如炬，放眼望去那是土地的色彩，壮美辽阔，星汉灿烂，若出其中。扑面而见的是铠甲生虮虱，万姓以死亡，白骨露于野，千里无鸡鸣。那岿然不动自在心中的万物生灵荡涤着悲悯的内心，他梦想拯救北方这片故土，以勇气和力量建立一片该体恤关怀的天空。有梦想，有奋斗，一切美好的东西都能创造出来。于是他修建了运兵道，实行了屯田制，固守了北方的稳定和发展，开启了建安文学的风骨……

这就是曹操的梦想，一个人做了一座长城的曹操。

半个小时的行程走过 1800 多年。当你触摸着“地下长城”千年古砖的斑驳时，你还会认定曹操是乱世之奸雄吗？

二、八步六条街

从运兵道北通道口出来，向北步行 8 分钟左右，就来到了北关老街。素云大姐介绍老街始建于明清，风格古朴典雅。大多以行业命名，是一街一市的商贸格局。八步六条街是老街的奇景。还真是，在此街南墙角，两位叼着旱烟杆的布衫老者正在木桌上下棋。木桌的木辘轳腿正摇着烟雾。不知不觉每个门市上的红灯笼次第亮起来，哪儿哪儿都是通红的闪亮，突然我瞥见六条街上一门店明码标价 10 元 5 个小葫芦。哇，葫芦娃，给我幼儿班的孩子们。“给你 7 个葫芦娃。”老板娘轻轻说着，面带微微的笑。这慈柔的笑容给我太深刻的感触，就在上午知名作家分享会上，当我说刘楼小学幼儿班 37 个孩子异口同声回答“天安门在天上”时，戴主席眼睛有晶亮闪过。会后，她轻声对我说，六一前去看看 37 个孩子，齐寨村留守儿童会有项目。我几乎热泪盈眶，感觉有一种爱的能量在心中涌动。仰望星空朗照与满街的灯笼相辉映，那是万家灯火的闪亮——原来我正站在涡水滋养的“水门街”上，顿悟了老庄的上善若水、道法自然的不言之教诲，无为

之深美。

亳州，不薄。朴厚而慈柔是亳州特有的风景。我要把它传给幼儿班的孩子们。且自己珍藏一个小葫芦，将来留给我的小孙子……

三、中华药都——亳芍万亩

12 日上午，我们一行来到吉尼斯世界纪录有记载的万亩芍药花田。

通往花田的路叫木兰路，旁边的沟叫木兰沟。戴主席介绍此路此沟是几十位未出阁的木兰姑娘奋战两个多月挖掘而成，使当地农田得以旱涝保收，受益至今。现在，木兰的故乡不是也有一群秉承着木兰精神的“木兰们”正在前行吗？去年，亳州木兰文化研究会成立，今天的知名作家“木兰故里春风行”，点亮了亳州木兰文化的星空，形成一个更加开阔和悠远的精神资源而被我们汲取。瞧，万里晴空下，芍药花开，她们奔向花海，笑颜与姹紫嫣红相映。我正与一株株芍药对视：已过花期，有花瓣落在衣领上，你一安静，就能闻到香；有花瓣落在地上，你蹲下拾起，就会忽然看见油绿的枝蔓迎了出来，长着你的模样，正努力地把根扎进土里一心只为做一株药。据《中华药典》记载：亳芍，味微苦，有平抑肝阳，敛阴养血，镇静解痉之功效，这功效在俗世里恰恰好。不想离开，做一株亳芍多好！

作者简介

齐杰英，乡村教师，亳州市木兰文化研究会利辛分会会长。

寻根问底看亳州

文 / 王秋芝

我出生在东北边陲，从父母的言语中知道我的祖籍是皖北亳州，一个有千年历史文化的地方。从爱喝酒的父亲的唠叨中，知道亳州出好酒，醇厚甘甜，回味悠长。只是那时候太小，只知道祖籍是我的老家，不懂得它的意味。

六岁那年我生了一场大病，需要经常打针治疗，于是休学回家，天天往卫生院跑。父母是双职工，没有时间陪伴我，就让我自己去卫生院打针。给我看病的老中医姓段，时间一长，我跟段医生混熟了。

有一天，卫生院里没有其他的病人，段医生给我打完针后让我坐在椅子上，可能想安慰我，就对我说："丫头，你知道你们老家是哪里的吗？"

"我爸告诉我，我的老家是安徽亳州的。"

"丫头，你知道你们亳州有很多的名胜古迹吗？"

我怯怯地摇摇头，算是回答了段医生。

听到我的回答，段医生拿起一本书走过来，坐在我旁边，

翻开书，指着一幅有两个高高旗杆的建筑图片对我说："看看这个照片，这就是你们老家的古建筑花戏楼。"

"花戏楼是唱戏的吗？"

"是呀，是许多戏曲演员都想去表演的地方。"

"花戏楼跟人民大会堂一样吗？"

听到我的问题，段医生笑了起来，他摸摸我的头发说："丫头，好好治病，早点好起来。好了就可以回学校读书了，书里面有你想知道的答案。"

从那天起，"花戏楼"这个名字印在了我的脑子里，慢慢地变成一种渴望，希望有一天，去花戏楼看看，亲身感受一下氛围。

多年后，遵从父母的愿望，回到了亳州涡阳安家落户，有机会在亳州这座城市的老街上走走看看。

回到亳州后，去看了花戏楼：古老的建筑，设计者缜密的规划设计，工匠们的巧夺天工的技术，红砖绿瓦，雕梁画栋，每一个纹理，每一个雕花，都寓意深刻。

这座山陕会馆，名字叫大关帝庙的建筑，如今叫花戏楼，始建于清顺治十三年（1656）。古老的殿堂，有着深远的历史文化。高高的舞台，富丽堂皇，每块砖雕、木雕都篆刻着地方戏曲的主要内容。

站在舞台下面，仰望着高高的舞台，仿佛看到了艺人们在专注地表演：战场的兵马嘶鸣，将士的刀光剑影，大堂上的醒目拍案……如走马灯般地在脑海里过往。我听到了青衣的婉转悠扬，孩童的清脆响亮，老生的荡气回肠，诉说着每一个经典的故事。

想起来小时候用花戏楼与人民大会堂做比较的幼稚，不觉哑然失笑——那只是孩童的无知才可以做到的。花戏楼，作为一个时代的象征，让那个时代的艺人为能在花戏楼演出为荣，与人民大会堂相比，花戏楼虽小，却也代表了一个时代的戏曲文化高度。能流传至今，仍被人们津津乐道地口碑传送，足以证明它当年的辉煌。

感谢亳州木兰学会提供了这次木兰故里行的机会，让我再次行走在亳州老街上，感受亳州的古老文化底蕴。

游览曹操的运兵古道，行走在运兵道间，感叹着魏武帝曹操的高超手段。记得戏曲里的曹操，脸谱是狡猾奸诈的白脸，历史课本里的曹操，雄才大略、足智多谋，诗词里的曹操，才华横溢、文字优美。

他少年时可以谯水击蛟勇猛过人，他也误杀吕伯奢翻脸无情，他行刺张让应变自如，他望梅止渴机智过人，他割发代首心怀民众，他败走华容狼狈不堪，他割袍断须丢盔弃甲，他聚友煮酒豪放论天下英雄——一个能屈能伸的人，不愧为一代枭雄，使天下多少有识之士为之倾倒。

时光如梭，一个转身，历史已成人们口中的故事。一次回眸，昔日的战场，已被现代的建筑替代，人群熙攘。宽广的马路，车来车往。每个人像星河中的一枚棋子，行走在时光里，用自己的力量，过着自己的生活。

黄昏时分，天色已暮，路灯鳞次栉比地亮起，橘黄色的光似纱幔，缓缓萦绕着灯柱蹁跹。

我们走进亳州老街，仿佛穿越时光隧道。不同于高楼林立的各种商场，老街旧屋保留着亳州原汁原味的生活，保存着这座城市的历史底蕴。

亳州这块神奇的土地，人杰地灵，名胜古迹数不胜数。

给后人留下经典著作《道德经》的老子，洋洋洒洒，包罗万象，博大精深。入梦为蝶，精辟致远的一代圣哲庄子“喻牛辞相”引导后人自我完善，清静修为。医者华佗至今仍被医学史上誉为世界之最，首创的“五禽戏”风靡华人养生人群。还有商王成汤、道教陈抟、巾帼英雄花木兰，胆识与风采更是妇孺皆知。

老街深巷，透过岁月遗漏的蛛丝马迹，星星点点的提示，我搜寻着老城古老的渊源，找寻着身为亳州人的根源。

亳州的“亳”字，传说出自商汤王的宰相伊尹。“亳”的上半部代表都城建筑高于天下，百姓以家为安，愿人人有安居。下半部是农作物的象形字，叫作乇，它是有穗子、秸秆和根的小麦。在那个君王割发代首，重农耕桑织的时代，以粮食做标志的决定，代表了当权者对民众的期盼。愿户户有结余，家家都乐业。

亳州作家李治亚在文章中提到：亳字会意，字从京省、从宅变形而来，“宅”意为“本家”“老家”，“京”指“首都”，“京”与“宅”联合起来表示“故都”，本义即故都、商朝都城。即亳为宅变形而来，为家的意思。

古时亳州分为南亳和北亳，不管哪个亳，都属于商亳，都属于亳州。“亳”在《新华字典》中只有一个解释：“地名，在安徽省”。

双脚踏上了这片热土，站在亳州的老街上，禁不住内心百感交集：这里就是我的祖上居住的地方，我的籍贯是亳州。

作者简介

王秋芝，笔名小轩，亳州木兰学会会员，亳州市作家协会会员，安徽省散文学会会员。擅长诗歌、散文、报告文学。

2020 年新冠肺炎疫情期间主动去抗疫一线采访，报告文学《小城的坚守者》在《健康报》《新安晚报》《安徽日报》上发表。被亳州市妇女联合会授予“最美抗疫巾帼志愿者”荣誉称号，积极响应“医护家庭关爱包”倡议荣誉证书。作品《雁鸣阵阵军垦情》获得“我和我的祖国”征文大赛三等奖。作品多发表在报刊杂志以及网络公众平台。

家乡

文 / 王秋芝

小时候看演出
演员们说最想去演出的地方
叫花戏楼
后来知道它还有一个名字叫亳州

小时候看京剧
戏里面有一个大花脸
叫曹操
后来知道他还有一个名字叫亳州

小时候读三国
书里面有一个曹操运兵的地方
叫运兵道
后来知道它还有一个名字叫亳州

小时候看中医

医生们口口相传一个医者的名字
叫华佗
后来知道他还有一个名字叫亳州

小时候去上学
老师教我们做的课间操的名字
叫五禽戏
后来知道它还有一个名字叫亳州

小时候老师总讲国学
写出博大精深《道德经》的人
叫老子
后来知道他还有一个名字叫亳州

小时候读课本
《木兰辞》里面有一个巾帼英雄
叫花木兰
后来知道她还有一个名字叫亳州

小时候喜欢捉蝴蝶
有一个梦里与蝴蝶嬉戏的人
叫庄子
后来知道他还有一个名字叫亳州

小时候爱做梦

梦里流光溢彩的地方

叫花海

后来知道它还有一个名字叫亳州

喜欢骑行健身

最想驰骋纵横的地方

叫林拥城

后来知道它还有一个名字叫亳州

父亲爱贪杯

从小就知道他杯中物的名字

叫古井贡酒

后来知道它还有一个名字叫亳州

随父母漂泊在外

知道一个叫药都的地方

叫亳州

后来母亲告诉我

它还有一个名字叫家乡

知道亳州

文 / 于景雪

知道亳州（那时还叫亳县），是小时候的一天下午，好像是六月天。一个住在亳县的亲戚，拉着一辆架子车，车上有几个麻袋，麻袋里装着一种像手指头粗细、白白的大致有十厘米长的东西。我问母亲那是啥，可管吃？母亲说，那是白芍，是一种中药，不能当饭吃。亲戚说，今年的白芍有收成，想着多卖几个钱，就投奔来了。谁知路上下雨了，就带了一块桐油雨布，人淋着没事，白芍要淋湿了，两天就发霉。"俺哥，你在涡阳认识人多，我明天去药材公司卖白芍，你托托人，别把等级评低了。一个等级差五分钱，这一车就少二三十块。"父亲说："我认识药材公司的会计，咱不想占便宜，也不能好东西没卖好价钱。"在大人说话的时候，我偷偷拿出一根白色小棒棒，放在嘴里，什么味也没有。那时，我知道有个地方叫亳县，那里栽种的吃起来一点味都没有的药，叫白芍。

知道亳州，是父亲讲了又讲的一件事情。父亲爱喝酒，

出差到亳县，正赶上亳县古井酒厂五一搞活动，邀请许多人去酒厂品酒。父亲到了现场，桌子摆着装满酒的玻璃瓶子。瓶子上没有标签，只有序号。品酒人品完酒后，要按号评出前三名。父亲只会喝酒，不会品酒。人家品酒后都吐出来，父亲没好意思吐，都咽下去了。时至中午，又没吃饭，等品完酒，服务人员让父亲打分时，父亲强撑着，没让自己倒下。想来想去，还是九号和十五号这两种酒好。揭晓的时候，九号是古井贡酒，十五号是高炉大曲。两个酒厂的厂长一个劲儿地夸父亲品酒在行。父亲晕乎乎地说："也不是我品酒水平高，自家的酒，喝着服口，那味，熟悉了。"很长一段时间，父亲反复讲这件事情，我在一旁听，想象着那个在亳县的古井贡酒厂，空气中飘荡的酒香，一个个大大的肚子排列整齐的、封上口的大酒缸。

知道亳州，是因为曹操。近千年的中国戏曲，舞台上的那个大白脸，近似诡异的身段，一副黑得令人胆寒的大胡子，一双像钉子一样的眼睛——这就是曹操！戏曲舞台上的那个大奸臣！一出出戏中，曹操奸诈、阴险。从《群英会》的狼狈，到《华容道》的猥琐；从《捉放曹》的狠毒，到《杨修与曹操》的嫉妒，无一不把人性中的那些罪恶、那些不齿、那些肮脏全都写在曹操的那张大白脸上。长大了，我读文学史，知道了建安风骨、建安七子。曹操，文能千古绝句，武能横槊驰骋。败时屈辱求生，胜时狂歌豪赏。我问，历史怎么和戏台上不一样呢，为何这样丑化他？

我有时就不理解。汉末三国，千里白骨、万里杀声、刀光剑影、血光如晦。"三曹"，怎么能静下心和那些文人骚客游赏，笔走龙蛇、嬉笑怒骂、精神浪漫、咏天赋地！从乐府诗到散文，“三曹”书写毫无定规、吟风颂海，驾驭着生动鲜活的中国文字。曹操在开创一代文风的同时，深知古籍的价值，不惜重金赎文姬归汉。曹操知道，蔡氏一门仅存一脉，那一脉里，流淌着中原文化的血液，不能让满腹锦绣的文姬客死他乡！不能让中原文化血脉断流于天苍野茫的匈奴荒漠！建安七子哪一个不是才情指天，曹植笔下的洛神，那篇《洛神赋》在中国文学的山水中，筑成绝顶一峰！在那个动乱的年代，留下了如此华丽篇章！这些人，都生在涡河岸边，亳州地界！

知道在亳州，知什么道？知诚信天下、通达四海的经商之道；知守黑知白、物极必反的哲学之道；知兼善天下、独善其身的士子之道；知逍遥无极、万物齐肩的淡然之道；知悬壶济世、悲悯众生的医者之道；知胸怀百姓、国富民强的筑梦之道！

五月的那一天，万亩芍花，灼灼其华，我在花丛中。之意书社，书香微醺，我在书柜前。中药市场，本草聚集，我在弥漫的药香包围里。在亳州老街的灯火阑珊之时，我在那里，看着红红的灯笼柔柔的光，远远近近，明明暗暗，把老街的那厚厚的青砖、鳞状的小瓦装扮成羞涩状。我行走在其间，像是在梦中……

作者简介

于景雪，笔名潇雪。安徽省作家协会会员，安徽省散文随笔学会会员。代表作品《为了那朵荷》《女到三十》《下岗日记》《走进宋词》《怀古三则》，散文集《潇雪散文》等。作品《娘说》荣获亳州市妇联“巾帼心向党，建功新时代”庆祝新中国成立七十周年征文比赛一等奖。

亳州药都行

文 / 王静文

一

去亳州，正值五月花事烂漫之际。我有幸受邀参加了“木兰故里春风行——知名作家亳州采风”活动。

记忆里，到现在还存留着一路上不时闪现在眼里的泡桐花，淡淡的紫透露着微微的白，乡野味浓郁，粗犷、古雅地开。还有那大雪纷纷般的柳絮漫天遍野地飘。视野触及处，到处都有芍药花，有时一大片，有时一小片，摇曳在一望无际的麦田里，生机盎然。一丛丛花树，一晃晃闪现——五月真真地如莫奈的画般绚丽多彩，缤纷多姿。

下榻的那家宾馆外小桥流水，古屋丛花，柳枝依依。接待处姐妹们如花似蝶，春风徐徐满面笑容——温馨可人，可亲。

翌日清晨文友见面会如期地进行着，可谓是谈笑风生，畅所欲言。紧接着就是一个大家一起搭乘一辆大巴车游览古城亳州的行程。

二

亳，高宅之地。当年曹操就是在这个古老的小城里安营扎寨，屯兵买马，繁衍生息的。车过魏武大道时我深切地体悟到：三曹故都亳州城市发展轨道的四通八达。

花戏楼古迹斑斑，各种雕刻的镂空花纹、戏文图案比比皆是。不知当年这花戏楼上，可曾演绎过有关花木兰替父从军的精彩片段。我想一定演绎过很多次吧！尽管我们现在从那些大型砖雕里，只能隐隐约约地窥见当年逐鹿中原厮杀的好多图片场景和有关人物……

晚风习习中，生旦净末丑粉墨登场了。戏里戏外、台上台下，锣鼓喧天。一个个朝代更迭的有关人或事，浮浮沉沉、善恶美丑，跳不出生离死别的一幕幕。

三

紧走慢走，猫腰走，拐弯抹角走。

高一脚低一脚夹在一行人中间，心绪恍惚地走在东汉末年那一弯弯古道里。唯恐那盘根交错的运兵道里，或者是哪个角落猫耳洞里，忽然蹿出个当年的喽啰小兵的魂灵，拦住走道让我迷路，让我找不到一点点沉淀在那里的细枝末节的有关故事，让我触摸不到一点点藏在灵魂深处的那些灵感。

灯光微黄，地洞幽深隐秘，蜿蜒向前。好似好奇而又有些害怕似的，没走多久，从不爱出汗的我早已大汗淋漓了。犹如这千年古道的旧砖上渗出的冷水滴，早已氤氲着岁月沧桑斑驳的痕迹！忽然就想当年那些在地下挖地道的人，如今都魂归到了哪里？还有那些被曹操呼来唤去的大兵小将，如

何神出鬼没地在黑暗曲折里潜行的？那时是如何照亮的，火把还是油灯？先民的智慧被历史的古道尘封着。历史上曹操以少胜多迷惑敌人的战略战术，也赢得了后人不断的寻觅和感叹。

据说亳州古城内的曹操运兵道，贯穿整个亳州古城地下。以大隅首为中心，东西南北四面延伸，直至郊外。犹如一个大大的十字架，在地下绵延8000多米。为曹操的霸业立下了汗马功劳。

难怪，家乡俚语里说，说曹操，曹操就到。寓意快！调兵遣将神速吧！

四

涡河的水亘古不息地哗哗向东流淌着。这一片高宅之地上，药都亳州闻名遐迩的名片上，不仅有道家学派老子、庄子文化圈，还有魏晋风骨的领军人物曹氏父子和建安七子文学圈，以及竹林七贤嵇康等文人圈，更有声名远扬的华佗医术及麻沸散……

很久以前，记得我在曾经写过的一篇《故里之赋》里是这样讴歌我引以自豪的家乡的。

一方水土，万里江山。多少豪杰，醉卧楚中央…… 可歌兮！华佗在世尝百草，五禽戏展养生道。曹操名垂诗千古，气挂云帆沧海波。一代儒商千般柔肠，多少缠绵浣沙溪畔，范蠡忍痛西施情伤，国难临危，在水一方……

可泣兮！嵇康傲世垂柳下，挥锤炼铁潇洒狂，惹来杀祸赴刑场，三千弟子莫能忘，广陵散曲慨而慷！……

如今想来，小小的我骨子里是多么崇拜这一地域文化、民风民俗的。

走在五月的亳州大地上，时不时就能闻到那些花花草草，散着怡人的清香药味，伴着酒香直抵心扉。好遗憾，这次采风活动没能亲临闻名全国的药材大市场。留待以后再去吧！

五

亳州老街走一走，风土人情记心头。

记得去年也是春暖花开的时候，我和几个姐妹去亳州参加一个亳州作家座谈会。会后结伴第一次去老街游玩。这次，毫无例外地，时光又一次把我们带到那里，带到流淌着古朴韵味的岁月里。

夕阳西下时，我们踏着斜阳归去。一街两巷清一色既是民居又是商铺的房舍，清一色的灰色砖墙灰色小瓦，清一色陪衬着油漆大木门……各家门前小花点缀，绿藤绕墙。街旁很随意地摆放着一些桌椅。木质的石材的一街两巷。街坊邻居们就那样闲坐在旧味的老街上拉呱（方言，多指闲谈），慢悠悠说着慢时光。置身在这种悠闲的氛围里，你忽然地就不自觉地想起木心的《从前慢》那首诗来。

……从前的日色变得慢。

车，马，邮件都慢，

一生只够爱一个人。

……

残阳如血，灯火迷离。姐妹们不约而同地走到一起，或坐或站地在古色古香的老街里合影留念。

慢慢地，远处近处红灯笼的柔光眩晕，嫣红氤氲得如一幅油彩画。我手执一把雪姐带的小油纸伞，悄然远去。以至到现在，看到那个灯火阑珊处的背影，还恍惚觉得自己宛若走在时光的梦里呢！

作者简介

王静文，笔名故里风，安徽省散文协会会员。曾创办拂晓幼儿园，参与《农村孩子报》社美编工作，现从事文化传媒。发表作品《师缘》《著名书画家李艺隽》，报告文学《小城的坚守者》《走近金秋》，散文《小土屋·篱笆墙》《忘却的美》诗歌《遥远的小村庄》《故里之歌》等。

咏亳州

文 / 陈丽影

穿越
历史的城墙
醉在
古井巷中的醇厚浓香
踏着
芍花四溢芬芳
木兰着一身戎装
英姿飒爽
内柔外刚
传奇故事早已远扬
看那
涡水烟霞浩荡
让羞涩
伴着金菊安暖盛放
待月色撩窗

在一滴水墨里闭目凝想
听那
花戏楼的粉墨登场
揉碎了光阴
熬煮出炫目的华章

作者简介

陈丽影，文学爱好者。蒙城木兰分会会长，蒙城县铜管乐学会秘书长，蒙城县作家协会副秘书长，中华诗词学会会员，蒙城县作协会员，作品散见于各类网络平台和期刊。

亳州行

文 / 吴侠

说来惭愧，作为亳州人，我对亳州知之甚少。只知道亳州人杰地灵，物华天宝，文化底蕴丰厚。作为一个亳州人，让我说，我却无法做到如数家珍。

记忆中的亳州，印象最深的是老街那窄窄的悠长的小巷，青砖黛瓦，古色古香。那是 2002 年 5 月第一次去亳州，它的样子烙在了记忆中。后来虽又去过几次亳州，但每次都是脚步匆匆，没有好好地走走看看。

2019 年 5 月 11—12 日，我有幸参加了“木兰故里春风行——知名作家亳州采风”活动，收获颇多。

我不是作家，只是一个喜欢文字的行者，带着一颗虔诚学习的心，满怀期待地参加了这次采风活动。

一

11 日上午 8 点到 12 点，享受了一场文学盛宴：木兰故里春风行——知名作家亳州采风活动启动仪式暨“文学之缘”

分享会。

与会的十多位知名作家分享了他们的文学创作经验，这对于初涉文学殿堂的我来说，不亚于一场盛宴——文学盛宴。

会上，安徽省作协主席许辉说，文学创作离不开宏观的描述，但也需要关注细节。他给大家讲了庄子的一个小故事：《庄子·山木》记载："睹一蝉方得美荫而忘其身，螳螂执翳而搏之，见得而忘其形；异鹊从而利之，见利而忘其真。"如果庄子没有细致地观察，是写不出这么生动的场景的。文学来源于生活，来源于观察，也来源于提炼。许主席说，老庄思想博大精深，文学创作者可以从中学习很多写作技巧和思想内涵。他的分享为我指明了阅读与学习写作的方向。

《光明日报》安徽记者站站长常河说，对于写作，他最大的感悟是：写自己熟悉的生活，攀附自己不熟悉的生活。并以他的散文集——《一脚乡村一脚城》为例，他说这本书很畅销并不是文章有多少华丽的写作技巧，而是他写的是他以及很多人熟悉的生活，饱含着他的感情。"写熟悉的生活，用感情打动人。"

安徽省作协副主席胡竹峰说："写作像谈恋爱，要发自内心地喜欢。"写作，一件明心见性的事情，就是一种感觉，一种挚爱的感觉；写作也是一种修炼，是发现美、表达美的过程。"我们不能认为别人水平不行，就看不起别人，只要喜欢，每个人都有表达的权利。""一个人要想在文学方面有所突破，必须有好的品德，没有好的品德，很难在文学方面有所建树。"文学，不仅可以让人感到充实，也可以让人年轻，"这种年轻不是外表上的，而是内心的"。他的观点让我顿悟，给了我一种无形的力量，让我有勇气有信心写下去，不为别的，只为喜欢！也许写作真的不像我想象的那样高深，遥不可及。

中国作协会员董静自称是“城市农夫”。她说，创作来源于观察生活，她写出来的东西也都是身边事，她在自己家的阳台上种花种菜，还养了七只小乌龟。她把这些植物进行观察并记录下来，写了“城市农夫”系列文章。她的第一部散文集《有一种爱叫放手》，里面记录的就是自己的家人——孩子的成长过程以及培养孩子的点点滴滴。

《清明》杂志编辑、著名作家苗秀侠说，她是一个寻找故事的人。她说，装在她小说里的每一个故事，“就像厨师找食材一样，即使手艺不行，但有丰富的食材，原汁原味儿，端上来都是鲜美的、可口的”。找寻故事，并将这些故事体现在自己的作品里，这不失为写作的一种好方法。

《新安晚报》编辑闫红说，她是一个追求自由的人，不喜欢被条条框框束缚，“文学创作要遵从内心，这样写出来的作品也是自己想要的”。

《新安晚报》文体中心新闻总监马丽春老师说，“只有走进人物的内心，才能写出满意的作品”；中国作协会员张秀云认为，要想写出好的作品，读书非常重要；安徽散文家协会会员王丽雪说，文字能够穿越时空，证明生命曾经在场，她会记录下这些东西，记下真正属于自己的世界；青年诗人、中国诗歌学会会员程潇说，文学是精神之药，应常怀敬畏之心；安徽省作协会员戴旭东说，“虽然我离文学梦想还是很远，但是这个梦想我还是在一直追求”，不放弃文学梦想，“大气”地面对困惑……

这些名家的创作经验分享使我混沌的大脑突然明朗了起来，像一束束光射进了我狭小幽暗的内心，照亮了我前行

的路。

二

来亳州不逛逛亳州的各大历史景点，感受一下亳州历史文化的深厚底蕴，就不能算来过亳州。

11 日下午，我们一行百十号人，浩浩荡荡，参观了曹操运兵道、华祖庵、花戏楼、南京巷钱庄以及北关历史老街。

参观的首站是我向往已久的、被誉为“地下长城”的曹操运兵道。当“衮雪”两个金黄的大字展现在我的面前时，我的心情无比激动。

随着人流慢慢步下台阶，首先看到的是建安文学馆……当进入真正的运兵道，看到的跟我想象中的不同：虽然运兵道里依然潮湿，凉意幽幽，但是遍布的灯管照得四下雪亮，有种光怪陆离的豪华与辉煌。

现在被发现的运兵道全长 8000 多米，而向游人开放的、游人所能到达的地方仅 800 多米。狭窄的地道里，个子仅 1 米 6 的我不时会弓背弯腰前行，生怕上方会磕碰着脑袋。向前只能看到前面一个人的背影，回头视线就会被后面一个人遮挡。仰望头顶用方砖砌成的弧形，我不禁疑惑，在这阴暗的地下，这么长的隧道是怎样建成的啊！感受着脚下如今平整的路，我的思绪飞越千载：

当年这 8000 多米的地下运兵道里，应该是怎样的情形呢？闭上眼睛，仿佛依稀看见狭窄幽暗的通道里，火把或油灯微弱的光影里，士兵们一个个手握兵器，从这坑坑洼洼、高低不平的地道出出进进。我想他们一定是恐惧的、压抑的！我想起曹操在《蒿里行》里的描述：“铠甲生虮虱，万姓以死亡。白骨露于野，千里无鸡鸣。”的惨状。为了拯救黎民于水深火热，为了实现自己远大的抱负，曹操想到了这样出奇的招数，他把数量不多的士兵从地道内暗暗送出城外，再从城外进入城内，反复多次，迷惑敌人，让暗中窥视的敌人以为他兵多将广，不敢轻举妄动，从而出奇制胜。

我敬佩他的雄才大略。他之所以“挟天子以令诸侯”，是为了挽救天下苍生……

行至华祖庵，边走边看，好多人被后院楼上一位身着玫红绸衣的妇人吸引，她正在演示华佗设计的五禽戏。只见她时而威猛如虎，时而沉稳如熊，时而灵巧似猿，时而轻捷像鸟。变化多端，游人观之，不免赞叹。华佗的洗药池是人们留影的好地方，水雾弥漫，仙气飘飘，如同仙境。池边的曲廊上缀满紫藤萝，碧绿的紫藤萝下垂的花束，让我想起宗璞笔下的紫藤萝瀑布，那种紫色如梦如幻，游人陶醉其间。

花戏楼前，游人如织，摩肩接踵。仰望门楼上精致繁复的木雕，无不惊叹。

听导游介绍，花戏楼始建于清顺治十三年，据说当初是山西、陕西药商集资兴建的会馆，是他们在亳州经营药材的联络集散地。整个建筑面积 3000 多平方米，其中的精华之处体现在令人神往的“三绝”上。

第一绝是花戏楼正门前的两根铁旗杆，每根重 15 吨，高 16 米多，旗杆分五节，每节分铸八卦蟠龙等图案。每根旗杆上还悬挂有 24 只玲珑的铁风铃，每当有风吹过，便会发出悦耳的铃声。

第二绝是花戏楼的仿木结构的三层牌坊式建筑——山门。它的上面镶嵌着闻名天下的立体水磨砖雕，在不足 10 厘米厚

的水磨砖雕上，共刻有人物 115 个，禽鸟 33 只，走兽 67 只，“楼台”“殿阁”多处。在这里造就了 16 幅人物故事，浸透了中国传统文化儒释道三教合一的精髓。《达摩渡江》是佛，《老君炼丹》是道，《魁星点元》是儒。几乎无所不容，方寸之地展现了大千世界。

花戏楼的第三绝是木雕。共雕有三国戏文 18 出，人物数百，形态各异，龙争虎斗，呼之欲出。仰望小小的木雕，我不禁惊叹，历经 300 多年的风雨，竟然依旧栩栩如生！

由于时间原因，南京巷钱庄只是匆匆路过。

北关历史老街的夜景最让人流连。此时的老街已不是我记忆中的老街，十多年前来亳州，穿行在老街窄窄的小巷里，脚下湿漉漉的。夜晚，映入眼帘的只是星星点点的灯光，而如今老街的夜景却给人一种朦胧迷离的美感。

华灯初上，深蓝色的夜幕下，一盏盏橘色的灯笼在老街的屋檐下次第点亮，勾勒出两排醉人的红。我们边走边看，不停地拍照，想把每一个美丽瞬间都定格在记忆里。

三

12 日上午，我们参观了全国最大的中药材批发市场，逛了四季花海。

我是第一次来中药材批发市场，看到那么多中药材品种，我认识的寥寥无几，觉得很新鲜，甚是好奇。这儿看看，那儿摸摸，偶尔会看到一些似曾相识的野生植物，惊异于它们竟然也是中药！五颜六色的花茶我认识一些，忍不住每一种都想来点，带回家给家人和朋友尝尝。

行程的最后一站是四季花海。车在行驶，人在欢唱。车缓缓驶进花田园区，我的视线穿过车窗，四处搜寻。花呢？

映入眼帘的是一片片青绿，细观之是已经结角的油菜——原来是我们错过了花期。我有点遗憾地收回目光，不过心底里那金灿灿的油菜花开得正旺。

车继续前行，忽然，一大片紫色扑进视野，有人惊呼：“看！紫色花海！”

“哇，一定是薰衣草！”我最喜欢薰衣草的香味。闭上眼，深呼吸，我仿佛感受到紫色的香气缓缓飘入鼻腔，沁入心扉。下车后近看才知道并不是薰衣草！经人介绍才明白，是蓝香芥，就是传说中的蓝色油菜花（它各方面酷似油菜花，因此得名）。它白天清香，傍晚浓郁，是招蜂引蝶的好品种。

人们欢呼奔跑、拍照留影，我追着两只白色的蝴蝶和几只蜜蜂，想留住它们在紫色花丛中翩翩飞舞的倩影。

一条铺着红毯的小路斜向东南，把这片花海隔开，一边是蓝香芥，另一边是虞美人。大片大片的红色，偶尔会有一株白色或者多色的，像鹤立鸡群。我专拣稀有花色进行拍照，大红成了背景。

走着，看着，欣赏着，赞叹着，感悟着。忽然，在一片花株稀疏的地方，我发现虞美人的花株下有已经长出四五个叶片的向日葵正奋力生长。凝视嫩绿的叶片，我仿佛看见秋天的田野里，一望无际的金色向日葵迎风摇摆，在欢迎远方的客人。我嘴角上扬，跟同伴相约，秋天我们还来！

最后到达的是芍药花田。虽然已过了盛开期，但大片大片的粉红、玫红、大红依然让人惊喜不已。

站在花海四望，我不免感叹：花虽谢，但是果实正在孕育，不久就会成熟，来年还会发芽，生长，开花……人生短暂，就像这花儿，也经历出生，成长，盛开，老去！人应该像花儿一样努力生长，奋力盛开，坦然老去，笑迎下一个轮回。

四

奔波了一天回到宾馆，发现床头柜上端端正正放着一张心形卡片，上面写着：

尊敬的女士：

您好！我在打扫卫生时给您配了一包红糖，希望您能喜欢。

服务员：陈彩云

字体虽不漂亮，话却很暖心，身体的不适一下子减轻了许多。

听说 12 日晚上之意书社将举行常河老师的《一脚乡村一脚城》佳作分享活动，我非常激动。我还没有参加过这样近距离与作者交流分享的活动，很期待能参加。但是这次采风游览活动中午就结束了，大家都要各自散去，而佳作分享活动在晚上举行，我们离家又比较远，怎么办呢？

我悄悄地把心中的纠结告诉了木兰研究会的范秋融会长，我喜欢喊她“秋融姐”。她听后开心地说：“行啊！想学习这是好事啊！我来安排。”她的爽快是我始料不及的。她安排人给我和同行的两位伙伴重新安排了住处，晚上又设宴招待了我们。我们一起参加了常河老师的佳作分享活动，而且，她还赠给我们每人一本《一脚乡村一脚城》。常河老师还给我们在书上留了言、签了名，我们还一起合了影。

亳州的物美，景美，人更美！这将是我人生之旅中一段无比美好的回忆。

亳州之行，收获满满，感怀不尽。归途中，司机是亳州人，听说我们是来亳州游玩的，他打开了话匣子，滔滔不绝，向我们介绍亳州，如数家珍……

朋友，如果您还没来过亳州，还不了解亳州，您一定要来看一看，走一走！热情好客的亳州人民热烈欢迎您，亳州深厚的文化底蕴会让您陶醉沉迷，亳州广阔的药材市场会让您眼界大开，亳州美丽的四季花海会让您流连忘返！

来吧，亳州欢迎您！

作者简介

吴侠，昵称微尘，安徽亳州市人，利辛中学语文教师。

春有百花秋有月

文 / 春晓

如果你住在亳州，在春季，你一定不会忘记去一趟五马或大周；你一定不会忘记去一两次林拥城、南湖、陵西湖或者涡河景观带。这里百花盛开，只等你来。

五马桃花进入三月，花蕾便悄悄地抢占枝头，三月底便群拥团簇。它们为阳光的温暖争论得面红耳赤，即使游人如织，也置若罔闻，依然喧闹。看吧，不管是剑戟般耸立的枝干，还是斜逸旁出的柔枝，都赶趟似的，引来蜜蜂围观助阵。

游人在树下拍照，依枝浅笑，柔风轻抚脸庞，人面桃花相映红。她是你去年见过的那一位吗？淡淡的情丝起心头。

春风和暖，天蓝如洗。花和人都伫立在静美的时空里，一切都可以忘记。

四月踏青去大周，娉婷芍花戏风柔。你无须驾车，那花间小路太娇弱，受不起的，骑单车吧！

把单车放在路边，轻步慢行。展现在你眼前的就是万亩花海，如霞似云，绯红了半边天空。红花艳丽，白花娇柔，紫花端庄。它们时而静立，时而摇曳。绿叶簇拥着这娇羞的新娘，眉目轻举，巧笑倩兮。于是你不肯离去了，忍不住驻足观赏。看，那不染一丝尘埃的纯净花瓣，嫩嫩的，似乎注入了月光的精华，迎着阳光又如蝉翼般透明，又像蝴蝶的翅膀，聚拢而来，只为馨香。你忍不住鼻翼轻嗅，那沁人心脾的芳香便直入肺腑。记着，你别在花间穿走，因为它们的热情会沾满衣袖，看你袖口衣摆上的花粉，不就是它们多情的挽留？

不管是三月四月，或任何一个时间，你都可以去林拥城，那里花儿随着季节的变化而交替开放，佳木成荫，好鸟相和。

春天的林拥城，以风为使者，用太阳金黄的凤辇迎你入城，花香夹道相迎，还有松柏红杉的仪仗队。在春天的林拥城里，一抬眼，小桥流水，欢语轻歌；一闭眼，暗香盈睫，暖阳亲肤；一低头，绿草滴翠，野芳展媚；一迈步，春风舞动，粉蝶炫彩。在林拥城的春天里，就是这样，有素装缱绻的柔情，亦有波光潋滟、红妆香浓的娇容。

婆娑的花枝映衬着古色古香的建筑，高大的树木簇拥着现代化的儿童乐园。那里是你精神栖息的家园。

除此之外，南湖、陵西湖、涡河景观带都是你散步的好去处。

湖水清澈见底，天空便一头扎进水，把眷恋写满一湖春水。岸边树木葱郁。黑天鹅！你忍不住在心中默念它的名字。哦，那绅士般的优雅！偶尔它也会多情，让飞起的水花溅湿云霞。明镜的水面铺向远处，楼群串起它的倒影，悬在碧波之上，空灵而静谧。岸边的蒲草挽住了黄昏的衣袂，晚风吹拂，你抽出心中无限的眷恋。它使你想起康河里招摇的水草，

想起惊起鸥鹭的荷塘，想起水犹清洌的小石潭，想起梅雨潭的绿……

如果，你住在亳州，在秋季你定会赏一赏道德中宫的月，看一看花戏楼的景，走一走几千年前的曹操运兵道。

道德中宫坐落于新华路中段西侧，峭壁飞檐，穹门深院，掩映于绿树丛荫之中——这是老子聚众讲学说道的地方。今天在晚月初生时，亦有雅士淑女会集于此，谈古论今，或吟咏诗词歌赋，或开展学术讲座。月光温柔地泼洒在庭院里，斑驳的树影晃动在演讲者的脸上，也映在听者如痴如醉的心里。夜渐渐深了，晚月西斜，白露凝霜，人们依依离去，带着对明朝的向往入梦。

从道德中宫向西，你会看到亳州老街、闻名遐迩的花戏楼。亳州老街，雕梁画栋，翘檐飞瓦。夜晚一串串彩灯像串起的珍珠，勾勒出房屋的走势，一街两巷各色纱灯装点着古老的门面。这是人间的月。这里自然的月光被灯光人流抢去了，却注满了盛世的繁华。如果你还想看道德中宫那样的月，你就去花戏楼吧，去谯望楼（在曹操运兵道的出口处）吧，去望汤阁吧，去薛阁塔吧……总之亳州有最美的月，是文化传承的月，是涤荡心灵的月。

如果你在亳州，怎不会被百花盈心？怎不会被秋月注怀？

在冬夏之季，有雪的早晨，或炎阳的午后，那就是另一番景象了。冬雪撒在老街的怀里，纯洁曼妙如梦幻；夏季浓荫的绿树碧荷，把清风悄悄地送到你的耳际，那是岁月柔情的低语。如此看来，你需四季都住亳州：只为百花只为月，只为冬雪夏荷风。何须闲事挂心头？诗意栖息复何求！

作者简介

春晓，安徽亳州人。中学教师，文学爱好者，中国作家网会员，亳州木兰文化研究会会员。曾在报刊及微信平台发表多篇作品。